青梅竹馬絕對不會輸的戀愛喜劇

OSANANAJIMI GA ZETTAI NI
MAKENAI
LOVE COMEDY

〔作者〕
二丸修一
SHUICHI NIMARU
〔插畫〕
しぐれうい

Kadokawa Fantastic Novels

序章

＊

三月十四日，白色情人節。

我被初戀對象白草告白了。

——※劇情透露

這部小說是我將自己愛上小末的心情書寫成冊的故事。

小說最後一頁後面的空白頁，上頭寫著——「我簽了名留作紀念。由於有透露劇情內容，請在讀完以後確認。」於是我依循箭頭標記，將書衣翻開來，才發現那裡寫了文字。

——好高興。

當然了。畢竟是喜歡的女生向自己告白。

但是在高興之前，我心裡忍不住笑了出來。這個玄機繞得太遠，讓我想起了以前的事情。

當我還稱呼白草為阿白的時候，她大概是因為拒絕上學而失去了自信，要開口叫我常常都會遲疑。

『怎麼了嗎？』

即使我因為看她在遠處忸忸怩怩而提問，她也會說沒事然後躲起來。

而白草有話想說時，大多會弄一點小玄機。

聽見「啪」的聲響而回頭望去，就發現是白草手裡的書掉了。當我一邊嘀咕「喂喂喂」，一邊湊過去幫她撿的時候——

『這本書很有趣，推薦給你。』

白草會像這樣先吸引注意，再說出真正的心思。

後來經過六年——

明明容貌、立場及一切都變了，她的骨子裡卻依舊沒變。

由於我思索著這些，在表達喜悅前就忍不住嘻嘻笑了出來。

「啊，小末，你是不是在笑我！」

白草一直帶著鑽牛角尖的表情望著我，就沒有看漏我的些微反應。

「過分！我真的好緊張……就連現在，手也還會發抖……」

「呃，抱歉！我完全沒有取笑妳的意思！應該說，正好相反！這讓我有種懷念的感覺！」

「懷念？」

「以前我叫妳阿白的時候，妳也常常有繞圈子的舉動，我覺得啦。」

「…………」

白草低下頭，默不吭聲。

「啊，我提這個也不是覺得有哪裡不好，只是……嗯，總覺得不由自主就懷念起來了。」

「人的本性，即使努力也很難改變呢。」

白草感慨地嘀咕，並用手按住隨風飄逸的烏亮秀髮。

雖說春天的腳步近了，風依舊寒冷，而且毫不留情地吹向幾無遮蔽物的堤防。

「如同小說裡所寫的，我的骨子裡是『膽小』的。再怎麼想擠出勇氣，我也沒辦法像志田同學那樣大膽行動……說來不甘心就是了。」

「那並不算壞事吧？」

表面上姑且不提，白草果然是缺乏自信又容易自卑。

「每個人都有長處跟短處啊。我身邊可沒有人像妳這麼會寫文章耶。」

「……也對。謝謝你，小末。」

白草露出微笑。

光是這樣我就感受到心跳加速了。

——剛才，我被這個女生告白了。

如此一想，我就有股衝動想在堤坊邊喊邊跑。

「小末，說來說去，結果我還是有念頭就會立刻動手做的性格，所以想先讓你了解我。也因此自己的弱點與糾結都被我寫成了小說。」

話說到這裡，白草看似要窺探我的模樣而仰望過來。

「…………這樣會讓你覺得很沉重吧？」

「一點也不！」

我立刻否定。

「能認識妳更深，我很高興啊！」

「……真的嗎？」

「何況，妳明明有那種膽小的部分，卻努力花心思想把感受傳達給我……呃……我覺得，非常高興……」

隨著狀況逐步釐清，害臊的情緒湧了上來。所以我不敢看白草的臉，忍不住就別開目光，還講得結結巴巴。

「是、是嗎？那就好……之前我被紫苑奚落得很慘，還一度捨棄了這個方案呢。」

「對喔，紫苑難保不會有意見……」

「但是在好幾次向你告白失敗的過程中，我認為果然只能用一開始想到的方式，寫小說向你告白……所以……」

我們談歸談，視線卻都沒有互相對上。

即使不說出口，氣氛也開始傳達了心意。

不行，臉好燙。儘管有強風把腦袋吹涼，還是馬上就不由得熱起來。

「小白，妳帶的那本書，該不會是為了今天我沒帶書來時所做的準備……？」

「嗯，這上面寫了跟你那本書一樣的話……不過留在自己手邊就完全是見不得人的歷史，太羞人了，回家以後我會燒掉。」

「不要燒掉寶貴的樣書啦！」

我開口懇求。

畢竟那是寶貴的樣書，還寫了對我的告白。或許從白草的立場來看會覺得太過羞人，對我來說卻是希望收在寶箱裡的物品。

「但是，這就像把應該要寄的情書留在手邊……」

我忽然有了個主意，便向前伸出手。

「……那本樣書，妳能不能借我一下？」

「咦？嗯，可以是可以。」

從白草手裡接下書後，我打開學校的書包，從筆盒裡拿出黑筆。

接著我拿下樣書的書衣，亮出白草寫了簽名與告白的地方，在上面流利地運筆書寫。

「……小白，這給妳。」

「小末……」

白草看了交還到手裡的書，眼裡泛出淚光。

我在白草的簽名旁邊寫了自己在童星時期使用的簽名，還加上這麼一段話：

——謝謝妳！我非常高興喔！

要表達這份毫無虛假的心意，我覺得這麼做是最好的。

「呵呵……」

白草悄悄用食指拭去盈上眼眶的淚水。

「小末，我又實現了一個夢想。我希望能跟你比肩……這個簽名，讓我辦到了。」

白草是如此惹人憐愛，讓我揪緊心頭。

假如我能擁抱這個美麗又心愛的少女，會有多麼幸福啊——

但是……

——小晴，我喜歡你～～～～～～！

「至少現在的我沒有資格那麼做」。

「小白。」

我只是短短喚了她的名字，不過她應該敏銳地感受到我的覺悟了吧。

白草臉色一凝，然後仰望我。

「來自妳的告白，讓我相當高興。就像之前在文化祭舞台上說過的，我的初戀對象是妳，所以我感動得想哭。」

「……嗯。」

她應該聽出我接下來想講什麼了吧。白草面不改色。

「——可是……」

我吸了一大口氣，並且咬緊牙關。

「目前我處於也收到來自小黑的告白，還讓她等待的狀態。而且丟臉的是，我現在對妳跟小黑都抱有好感，沒辦法選擇。」

「我知道。」

白草短短地告訴我。

嗓音裡並沒有悲愴感。

「我想聽小末現在真誠的心意。」

「我──」

我受挫於自己的不中用，並從喉嚨深處擠出聲音。

「只顧自己方便的話，我希望有多一點煩惱的時間。妳和小黑，我都非常重視，而且喜歡，正因為這樣才沒辦法隨便做出結論。當然，即使妳對這麼不中用的我心冷，想當成沒告白過，我也怨不得人。」

「──我絕不會那麼說。」

這次換白草立刻答話了。

「小末，我是知道你目前處於做不出結論的狀態還告白的。」

「是、是喔……？」

「是的。而我想問的只有一點。」

白草在胸前將手緊緊交握。

就像向神祈禱的舉動。

「——『我有可能，跟你修成正果嗎』？」

多麼令人惆悵的眼神。

想立刻脫口回答我也喜歡妳的衝動湧了上來。

即使如此，正因為我決定不了，才更不能輸給內心的衝動——

我靠著把拳頭用力握到幾乎要流血，迫使自己取回了理性。

「當然有！小白，我就是因為妳非常有魅力，才做不了決定——」

「即使跟志田同學比也一樣？」

「因為妳們的魅力在不同方面，我沒辦法輕易比較……所以說，我搞不懂……」

「……這樣啊。」

白草真正的心思應該是希望我說她比黑羽更有魅力吧。

就因為我明白這一點，才更心痛。

「但是！唯有這點我可以明確說出口！我會好好苦思！苦思再苦思，認真苦思以後再做出結論！否則我知道自己會後悔得不得了，因為妳就是這麼有魅力！感覺在人生當中，再也不會有像妳這麼有魅力的女生喜歡我了！所以——」

「呵呵。」

白草突然笑了出來，讓我訝異地眨起眼。

「怎、怎麼了，小白？」

「因為我發現，你也在想類似的事情。」

「什麼意思？」

「我呢，也覺得自己在人生中肯定不會再遇到比你更喜歡的人……因為我是這麼想的，才害怕向你告白……都不敢去思考告白不順利的情況……」

「小白……」

「但是，我說出來了……終於說出來了。」

白草咕噥了一句，讓我受到感動。

在白草心裡不斷累積的心意。聽得出那是將其濃縮的話語。

「既然我已經說出來了，就沒必要隱瞞，更沒必要退讓。」

她望著地面，像在自我提醒般說道。

「我跟志田同學的立場也平分秋色。那麼──接下來只剩進攻而已。」

白草抬起臉，氣勢洶洶地瞪向我。

「小末，我呢，並不會像志田同學那樣，想用『青梅女友』的關係來吸引你。」

「小白，原來妳知道『青梅女友』嗎！」

「嗯。」

這麼說來，黑羽在聖誕派對時把頭戴式麥克風扔掉了，但她有提到「青梅女友」。當時在同一個舞台上的白草會知道也不算奇怪吧。

「我覺得『青梅女友』很像志田同學會有的點子。明明沒有交往，卻又可以當成在交往……說起來對雙方都是有利的關係。而且萬一有狀況，雙方都可以要求打住，關係是對等的。甚至能威脅對方，要是不好好疼惜我，自己的目光或許就會飄到別人身上。」

「我倒覺得還不到威脅的地步……」

大概是摻雜了對黑羽的敵視心理，評語滿嚴厲的。

「但是小末，我不想威脅你。我不需要萬一有狀況就可以打住的對等性。靠這個簽名讓我明白自己跟你站到同一處就已經夠了。」

白草把多了我簽名的樣書緊緊抱在懷裡。

「我一直喜歡著你。從起初認識的時候就一直喜歡你，所以要在中途打住關係，或者被其他人吸引住目光——『對我來說都是不可能的』。『以往我喜歡你，以後也都會喜歡你。就這樣而已』。」

白草把右手緩緩舉到胸口一帶。

接著她用食指比向我，做出了宣言。

「小末，你覺悟吧……！我一定會追到你……！」

簡直像在宣戰。

笨拙卻又高雅，同時也能感覺到白草其實很膽小的示好方式。

「結果，我只能直來直往。所以我會讓你深刻體會到要跟我交往才是最幸福又最棒的。」

說這些難免就令人害臊了吧。

白草變得滿臉通紅，聲音到最後在發抖。

「小、小白，不用勉強喔。妳的心意非常打動我，也讓我很高興……」

「我、我才不覺得害臊！證據就是——」

白草帶著嚴肅的表情逼近過來。由於肩膀高高聳起，並沒有流露可愛的氣息，可以看出她緊繃得硬梆梆。

來到眼前的白草踮起腳尖，把右手伸到我的後腦杓。我左手還拿著書，因此無法把她撥開，也無法抓住她的手，反應不免就慢了。

（她這樣，莫非是要吻——）

思考到這裡，白草就對我細語：

「……小末，能不能請你蹲低一點？我想摸摸你的頭。」

……………………………嗯？

啊！啊啊～～～畢竟她是小白嘛～～～～～～

……是的，沒有錯…………

我很高興。無論是她的行動，還是心意，都讓我相當高興。

不過……考量到情緒已經高漲成這樣，未免有點……

該怎麼說呢……嗯～～大概是我奢求……說來有點不過癮——

「原來妳不是要吻我啊——」

我不慎將心聲說溜嘴，白草的臉就紅得像水煮章魚一樣。

「啊……咦？小、小末，你是那麼想的……？」

「呃，畢竟剛被妳告白，又靠得這麼近，是會冒出一些些期待……」

白草往後跳了一步跟我分開，並火速整理起頭髮。

「小、小末？不、不行喔，你冷靜點！所謂的接吻就像一種契約，要多考量適當的場所、時機還有雙方的感受……呃，不過剛才也有可能是絕佳的時間點……？啊，但是不行不行，像這樣在外面未免太色了……」

不知道該怎麼說耶。白草這模樣太可愛，我光看就覺得幸福，可是放著不管又好像會讓她永遠都在自言自語。

所以，我決定把今天的事做個總結。

「小白，謝謝妳對我表達心意，我會努力思考的。然後我同樣會對小黑坦白坦誠。假如妳有覺得討厭或高興的事也都不用顧慮，直接告訴我吧。因為，我還想知道更多更多妳的想法。」

回神的白草重新收斂表情。

「那麼小末，目前這就是我真誠的心意。」

如此細語後，白草深深低下頭。

「——往後還請你多多指教。」

第一章　新學期開始！

＊

私立穗積野高中在四月第二週舉行開學典禮。

話雖如此，開學典禮純屬新學期開始的儀式。

要緊的是重新分班。

結果——

「哎呀～～幸好大家都在一起。」

我、黑羽、白草、哲彥順利分到了同一班（三年B班）。

我坐到新教室的座位並感慨地嘀咕，哲彥就開口吐槽了。

「反正我們是私立文組選讀世界史／生物的班級，坦白講，我早就知道全體成員會原封不動地升上來。」

「咦，是嗎？」

哲彥露出關注可憐小孩的眼神，輕輕拍了我的肩膀。

「重考生活，要加油喔。」

「我還沒落榜啦！」

好狠的傢伙，我只是無知了一點就這樣對我。哲彥在本年度肯定也會是銳不可擋的渣男第一人。

朝班上看一圈就發現原來如此，都是沒改變的老面孔。

白草正在跟峰講話，黑羽也在跟平時一起吃午餐的朋友們談笑。

「不知道小桃跟玲菜有沒有分到同一班耶。」

我這麼搭話，哲彥的手機便震動了。

「哦，正好趕上話題。看來她們兩個都是一年D班。哎，聽說真理愛好像在猶豫要不要升學，選讀的科目就配合玲菜了。不出所料吧，感覺都算順利。」

「情報靈通成這樣……欸，你依舊對玲菜很好耶。」

「並沒有～她是跟我從以前就有交情的學妹，才多少照料一下罷了。」

哲彥撥起柔順的頭髮。

說來不甘心，但是讓旁人評為美型的傢伙做這種動作就有模有樣。

當我們像這樣拌嘴時，黑羽湊了過來。

「小晴，早。」

「啊，早安，小黑。」

我跟黑羽講好要各自上學了。之前我有找她商量過，當著大家的面黏得太過頭會不好意思，因此黑羽答應了。

然而——

黑羽在湊近之際，若無其事地過來嗅了嗅我身上的氣味，簡直像在畫地盤的舉動。

（這也有點讓人難為情，我說過希望她能節制就是了……）

我跟黑羽會設法溝通，但有說服得了與說服不了的部分。這屬於沒能說服的模式。

大大的眼睛，還有長得一副娃娃臉卻能感受到嬌豔的嘴唇。這些與她身上的花香味一塊逼近過來，更令我心跳加速。

這樣我會因為黑羽太可愛而暈頭轉向，班上同學目睹以後也難保不會讓我慘遭妒火焚身。

不過黑羽似乎也明白，她只有湊過來短瞬間——然後立刻回到身為同學的相處距離。

「啊，對了，哲彥同學，後天的社團介紹，交給你真的好嗎？」

穗積野高中在開學典禮隔天會舉行入學典禮，入學典禮隔天才正常上課。開始正常上課的當天放學後，由學生會主辦的社團介紹是每年都有的例行公事。

從滿久以前就面臨的課題：「要怎麼讓新生加入演藝研究社？」

考量到這點，在社團介紹時說什麼會成為關鍵。

黑羽在演藝研究社姑且有副手職銜，便無法擱著這個話題不管。

「包在我身上。說是這麼說啦，用一句『志願參加者把入社報名單交到我這裡』就完事了。

雖然我們分到的時間有五分鐘，不過十秒就夠啦。」

「太隨便了吧。我還以為照你的個性會講出『來準備福利滿點的介紹影片！』之類的話。」

我用手肘拄著桌面抱怨，哲彥就依然把我看扁似的聳了聳肩。

「末晴，社團介紹的目的是什麼？」

「啥？那還用問，就是介紹社團內容啊。」

「你想得太淺薄了。介紹社團內容，意義在於『我們有這麼好玩的社團活動，還有這麼棒的學長姊在，所以請加入我們』才對吧。」

「……呃，的確。換句話說，你想強調『拉攏人是第一要務』？」

「哦，你難得講對了耶。」

「『難得』兩個字可以省略啦！」

真受不了，這傢伙每次都這麼沒禮貌。

黑羽在旁邊「啊～～」地嘀咕了一聲。

「對喔。我們社團的問題是人似乎會來太多，況且群青頻道相當於時時都在介紹社團嘛。」

「就是這麼回事。假如我們認真介紹社團，想參加的人會變更多吧？所以嘍，報名方式講一講就夠了。

「可以理解。」

黑羽在以身高來說顯得豐滿的胸脯前面交抱手臂，並點了頭。

「要讓誰加入的問題有解決嗎？」

「我滿早就從真理愛那裡收到企畫書了。然後她跟我研討到現在，已經在最後的協調階段，近期內會召集群青同盟全體成員開會討論。」

「哲彥，你預定什麼時候開那場會？」

「嗯，差不多一週之內。」

「了解。」

「——甲斐同學，這類話題能不能在我也到齊的時候再談？」

烏黑秀髮，還有陶瓷般的白淨肌膚——是白草。

冷冷的嗓音與目光朝哲彥扎了過來。

直到剛才，白草都語氣溫和地在跟峰講話，大概是因為聽見我們在談社團活動的話題吧。白草打住對話，闖進了我們幾個之間。

「反正我之後也會跟妳分享資訊，沒差吧。」

「但是讓我從一開始就在旁邊聽，應該會比較省事啊。」

哲彥蹙起眉頭，凝視著白草。

「我說，可知啊。」

「……怎樣？」

「妳是因為在白色情人節向末晴告白了，所以想待在末晴旁邊而已吧。」

「「「噗噗噗！」」」

現場有人猛烈地噘噴了。

我、白草還有黑羽。

順帶一提，除了我們三個——班上同學也聽在耳裡，但他們似乎是震驚過頭，都驚愕得動不了。

「哎呀～～我能體會啦。畢竟末晴沒辦法在妳跟志田之間做出選擇，就保留了答覆嘛。剛才志田湊過來，讓妳提起戒心了吧？就算那樣，妳為了接近末晴而托詞對我找碴實在夠麻煩的，拜託別這樣搞。」

這傢伙猛耶，居然把不方便講的話全講出來了……

順帶一提，白草告白的情報是我跟哲彥說的。

春假期間哲彥跑來我家玩，不經意發現了我擱著的樣書裡有那一行字，我被白草告白的事便露餡了，我只好向他全盤托出。

（沒想到新學期才一開始，哲彥就在教室爆料……）

感覺並不是火大或者虧你有種——被這麼明目張膽地講出來，我不禁佩服哲彥有辦法扔出震撼彈還一臉沒事。

話雖如此，好像只有我懷著這種想法。

反正我已經在文化祭當著全校同學面前被甩，過程還被拍成影片上傳，最後淪為談話節目的討論素材，甚至跟哲彥接吻而被謠傳有同性戀的嫌疑——可說是八卦界的強者。

所以我只是看開了，至於白草就不一樣。

「——～」

她把桌子當拐杖倚著，所受的打擊足以讓她滿臉通紅地低下頭。

「啊，哦～小晴，原來發生過那樣的事啊～是喔～」

白草受到打擊動彈不得，反觀黑羽就開始釋出黑色的氣場。

平時像可愛小動物的眼睛，如今變得有如飢餓的野狗露出凶光。

「欸，為什麼你不肯跟我說呢？」

「好痛痛痛！」

輕輕擱在我肩膀上的手！握力猛得不得了！妳離開羽球社已經半年了吧！小黑，妳的小動物型蘿莉姊姊形象到哪去了！

「對不起……」

我決定下跪。

有理與否在現場已經沒有意義，因為這不是道理講得通的狀態。

對於在教室下跪的行為，我並不是沒有羞恥的情緒。

然而，目前教室變成了黑羽支配的黑暗領域。我能做的就是用最短的時間投降，並且盡量減輕傷痛。

「小晴，為什麼你要道歉呢？你有做虧心事嗎？」

嗓音十分可愛，為什麼我卻會冒這麼多冷汗啊？

「我沒做任何虧心事……」

「我們約定過不對彼此說謊，要用真心話溝通吧？」

「我、我只是沒告訴妳，應該並不算說謊——」

「啥？」

霎時間，我全身冒出了雞皮疙瘩。

單單一聲「啥？」就讓我如此恐懼，這還是第一次。

這個「啥？」是將掐著脖子逼問：「啥？你以為用這種耍小聰明的藉口就能敷衍過去？為什麼沒有主動告訴我？說啊？說啊？」的意思簡略成一個字。假如沒有其他人的目光，或許她就實際行動了。

背後流下冷汗的我一面發抖，一面慎重地開了口。

「呃，不是的！其實我也覺得要主動告訴妳才合情理——」

「對呀，就是嘛～照常理來說是要這樣～你為什麼沒這麼做呢～～？」

「因、因為——」

「——受不了，吃醋發癲的女人真難看。」

白草介入我跟黑羽之間。

由於我跪著，場面變成我從低角度仰望她的狀態。

或許是觀看角度跟平時不同的關係，白草被黑絲襪點綴的長長美腿還有烏黑秀髮的光澤經過烘托，看起來如英雄般光彩煥發。

「小末是因為善解人意才替我著想喔。」

「……哦，這話是什麼意思？」

黑羽的「哦」裡蘊藏殺意。

我不禁身體發顫，白草卻一步也沒有退縮。

「小末是會遵守約定的人，所以關於他自己的隱私，我想他都會遵守約定把事情告訴妳。但是這件事，『連我的隱私與心情都會受影響』。」

「！妳說的是有道——」

趁黑羽表現出遲疑，白草回過頭，膝蓋跪地。

接著她牽起我的手，扶我緩緩地站了起來。

「既然已經被你們知道了，就利用這個機會在學校也說清楚吧。」

白草依然抓著我的手，臉頰隨之泛紅。

「我喜歡小末……從以前就一直喜歡他……比心意是絕對不會輸給志田同學的……我也不會耍奇怪的心機……小末，我永遠都願意等你……所以你慢慢思考，可以的話就選擇我……」

多麼直接的告白啊。

跟白色情人節兜圈子全然相反的告白，讓我受了感動。

大概因為這是第二次告白而開始適應了，儘管地點在學校的教室，白草也絲毫沒有動搖。

呃，不對。與其說白草沒有動搖，說她沒把我以外的人放進眼裡會比較正確吧。

「喂喂喂，真假！」

「頭條消息耶！叫校刊社的人在午休時間緊急集合！」

「可知同學好厲害喔～～！這麼大膽！」

「第一次看到可知同學露出那麼可愛的臉……」

「我去隔壁班宣傳一下！」

「有罪～～～！居然在教室被拍過寫真的冰山美女告白……姓丸的有罪～～～……嗚嗚嗚……」

「我懂你的心情，鄉戶……你已經連大吼的精神都沒有了啊……今天大家就一起痛哭到天明吧……」

白草在教室公開告白，破壞力很驚人。

事態鬧大了，因此我慌得只能張望四周，白草卻毫不介意，還握著我的手瞥了黑羽一眼。

「欸，小末，你別選這種恐怖的女人。」

「恐怖的女人……？」

白草大膽過頭的行動讓黑羽愣住，但現在她似乎恢復神智了。

同時，她開始釋出魔王般的瘴氣。

還有我想逃跑，可是白草揪著我的手，我便完全無能為力。

「志田同學，我有自信能比妳奉獻更多來支持小末……妳試著想像。」

白草遙望窗外。

「將來小末出社會的時候，還不知道他會去上班還是當藝人，但我身為小說家在時間上就相對自由，所以不管他做什麼工作都能配合。無論出差及調職，就連拍外景都可以跟去，又有收入，當然家事我也會做好。何況妳的廚藝還『那樣』……對吧？」

！……那句「對吧？」好可愛……

基本上，白草不會對人擺出這種賣俏的調調。

而她在教室裡這麼做的破壞力——不行，我開始頭暈了。

「可知同學……妳是在找我吵架吧？」

「聽起來不像要吵架的話，我會認為是自己的表達方式有錯。」

「哦～～這樣啊……妳當面衝著我來嘍～～」

「如果借用妳以前的說法，就是我的『階段』提升了。我大可說自己『趕上妳了』。當中的含意，妳懂吧？」

「……妳接下來只需要把持住，還有等待。」

「沒錯。以前的我怕被小末知道心意，但現在我告白了，就不用再隱瞞。衝著妳？是的，笨拙的我本來就只會直來直往。不過直來直往才是正確的，我相信這是通往勝利的最短途徑。」

「……是嗎？妳下定決心到這種地步了。」

黑羽深深嘆息。

接著她緩緩把左手伸向前。

「好啊，我認同妳。接下來，我也會拿出真本事。」

「明明以往就已經拿出真本事了，聽妳嘴硬。不過這倒是讓人爽快。」

白草拉住黑羽伸出的手，牢牢地跟她握了手。

「搞得像戰鬥漫畫一樣，笑死。」

哲彥無視黑色波動，露出渣到極點的笑容。

是你的發言導致局面變成這樣的耶——雖然我想這麼說，但就算哲彥沒提到，事情遲早也會浮上檯面吧。

保留答覆的我缺乏立場，會落得什麼後果啊……想想只能仰頭看天花板了。

好像沒變又開始改變的我們。

高中的最後一年就要開始。

＊

鐘聲響起。課程結束的信號。

剛放完春假，回學校上課讓身體吃不消，但一到午休時間精神就來了。

「小黑，之後要不要去跟碧見個面？」

我搖搖晃晃地從座位起身，並且向黑羽搭話。

「怎麼了，突然提這個？」

「畢竟她今天是第一天在高中上課吧？這時候，她肯定被高中的上課速度嚇一跳而處於恍神狀態吧？妳不會想逗弄她一下嗎？」

「哎喲～～！受不了，你的興趣很低級耶。」

她無奈似的從包包裡拿出便當擺到桌上，心情卻顯得不壞。

黑羽用「哎喲～～！」這個字眼時，表達的語感是「拿你沒辦法」，但那代表肯定的意思。

「陸好像也跟碧同班，我在想要不要對他們擺學長的架子。」

「啊～～小晴，那才是你的真正目的吧？以往提到學妹就只有小桃跟玲菜，所以你都耍不了當學長的威風～～」

沒錯。真理愛說是學妹，卻也可以稱作全能的才女。雖然她總會替我做足面子，可是冷靜想想就知道她比較厲害，因此我擺過的學長架子都是在給自己丟臉。

玲菜更不用說了吧。當我擺學長架子的瞬間，就會被她用尖酸好幾倍的言詞回嗆。教訓她那種囂張的態度也是可以享受一展學長威嚴的樂趣，不過那跟擺學長架子的樂趣是兩回事。

「哎，不過我確實會好奇她的狀況，吃過飯就一起去吧。」

「好耶。」

「可以讓我一起去嗎？」

白草從旁插話了。

「因為我跟小碧偶爾會交流，卻很少有機會見到面。」

進入新年度以後，黑羽跟白草一湊齊就吵架的機率變高了。

我一瞬間曾提高警戒，但這次完全沒有那種跡象。

「謝謝妳嘍，可知同學。我聽碧說過：『學姊給了許多建議，幫助很大。』」

「替可愛學妹盡一份力是當然的嘛。不用謝我。」

「即使如此，從她的成績來想，感覺能上榜是滿驚險，我身為姊姊也要感謝妳。」

「……我是獨生女，所以感覺像多了個妹妹，很開心啊。別在意。」

白草有情同姊妹的紫苑在，但她們本來就是同年級，又牽扯到特殊的內情。對在性格上不太會受到學妹敬愛的白草來說，碧出自體育社團的仰慕舉動肯定既新鮮又得她好感。

「那我們三個一起去看她吧。」

黑羽說的話讓我跟白草點了頭。

＊

因為如此，黑羽、白草各自吃完午餐與我會合後，我們就來到了一年級教室所在的三樓——

「喂喂喂，那不是群青同盟的——」

「唔哇，真的耶！他們真的在耶！」

「不曉得可不可以拍照。」

「童星時期的丸學長是我的初戀呢……」

「啊～～我懂。當時他跳舞很帥……」

「志田學姊比影片中看到的還美耶。」

「不不不，可知學姊才扯啦！」

……嗯～～感覺不自在。

（我們的知名度真的很高耶……）

被哲彥拖著做這個做那個，不知不覺就——在我的感覺是這樣，因此跟以前上電視竄紅時不一樣，並沒有真實感。

鼓譟的新生們像摩西十誡一樣左右分開把路讓出來。

我們感到害臊，並抵達了目的地一年F班。

（好啦，不知道碧跟陸過得怎麼樣。）

我伸頸探頭試著望向教室裡。

「！」

霎時間，我說不出話了。

碧坐在教室後面那一帶，被氣質陽光的男生們圍繞著。

「哦～志田同學，原來妳國中時打過網球啊～」

「而且妳長得可愛，超受歡迎的吧？」

「啊哈哈！沒那種事啦！我粗枝大葉，都沒有人把我當女生。」

「那是妳周圍的人太沒眼光吧。」

「啊～不過從小學升上國中時是有那種狀況耶～明明女方長得可愛，卻因為從以前就認識而無法坦率的男生。」

「我懂我懂！」

「很可惜耶～對了，今天放學後，妳要不要跟我去唱歌？」

「喂喂喂，你怎麼突然就揪唱！別自己偷跑啦！」

唔哇……真的假的……

（「我認識的碧」居然超受男生歡迎……）

我跟碧讀過同一所國中，但是同校的時間只有我讀國三、碧讀國一的那一年。

當時我對戀愛還相當陌生，碧的胸部也小小的，給人跟山猴一樣的小弟弟印象。後來她長高了，肉體也冒出了充分的女人味，那種印象卻還是縈繞在我心裡。

正因如此，眼前這一幕讓我受到震撼。

黑羽嘀咕：

「哦，她滿受歡迎的耶。」

身為姊姊的黑羽彷彿有了新發現，白草就對她吐槽：

「妳在說什麼啊？小碧很有魅力喔，容貌、身材跟性格也都不錯。」

「嗯，但是可知同學，妳一年級時比較厲害啊。受歡迎程度甚至有男生從別班過來看，對不對？包含妳毫不領情地將所有人打發掉這一點，在女生之間也成了話題喔。」

「妳才沒資格說我呢。妳吸引到的男生不是比小碧現在多一倍？我還看過好幾次妳用小末當肉盾，對他們都不理不睬的場面喔。」

「唔哇，我們當時明明不同班……可知同學，妳果然從那時候就在注意我……」

「那還用說。我可是『從以前就一直』喜歡小末的。」

她們講悄悄話好像隨口提到了滿扯的事情，但我還在好奇碧的狀況，也就無法專心聽。

「啊哈哈，哎呀～～我功課要跟上好像會很吃力，想說今天聽完社團介紹以後，要不要就立刻回家複習跟預習……」

「不然我們辦讀書會吧！這樣就可以互教功課啊！」

「啊，我也要去！」

「也算我一份！」

這支陽光男軍團超纏人的！

哲彥具備陽光型人物的行動力與社交性，為人卻是闇屬性。他嘴巴毒，又常常懷有算計，因此靠開朗調調來帶動大家的耀眼之處會讓人覺得新鮮。

「啊～～但是，我一個人比較能專心……」

明明現場也有帥哥，碧卻似乎不感興趣。她看起來明顯滿困擾。

假如有男人緣讓碧覺得開心，立場相當於哥哥的我固然會寂寞，仍認為要暗中支持她才行。

但她既然感到困擾，我就不能放著不管。

我踏進教室當中。

高年級學生突然出現——況且我本身有知名度吧，現場一舉鼓譟起來了。

然而專注於碧的陽光男軍團沒有發現我正在逼近。

我大方地闖進去搭話了。

「碧，上午的課上得怎麼樣？高中的教書速度很快吧？」

「末晴？」

碧睜大眼睛嚇了一跳。

陽光男軍團或許視我為阻擾，因而板起臉。

「啥，你突然跑來——」

有個人剛說到一半，就被別的傢伙攔住了。

「欸，等一下。這個人——」

「他叫末晴……難道說……」

「是群青同盟裡的丸末晴學長吧？當過童星的。」

「是我沒錯，所以呢？」

這些傢伙造成碧的困擾，我似乎比自己所想的還要不爽，不小心就用了威嚇似的口氣回話。

（未免太不成熟了……）

儘管我在心裡這麼反省——

「哦～～厲害耶！」

「真的是他～～！」

「去年我跟一群人練過『小羽之舞』，還有上傳影片喔！那支舞難度超級高，很難相信過去跳的是小學生！學長真令人敬佩！」

「咦……？」

他們該不會都是好人吧……？

最近的陽光男都是這種調調嗎……？

還是因為我變有名了，才會獲得這種待遇……？

「末晴……你不是來找我講話的嗎……」

看來我被誇獎就陪了笑臉。

碧不悅似的瞪過來。

「哎呀～～哈哈哈！陪學弟講話也算是學長的職責。」

「你就是這樣，被誇一下就立刻得意忘形。升上高三也一點都沒變耶。」

「妳才沒資格說我咧。明明他們都這麼抬舉妳，妳卻只有在發牢騷時比較有活力。既然成為高中生了，至少講話口氣多注意點——」

「唔哇，好煩人！末晴，專程跑來學弟妹的教室說教未免太矬。」

「唔唔唔……我明明是擔心才為妳跑這一趟的……」

「還說為我跑這一趟，根本是在賣人情。受不了，你從以前就——」

我跟碧驀地回過神。

周圍的學生全都目瞪口呆。

黑羽跟白草就在這時候過來了。

「對不起喔，驚擾大家了。她是我妹妹，從以前就跟小晴像兄妹一樣。突然看他們用那樣的調調講話，難免會嚇到嘛。」

陽光男軍團聽得猛眨眼。

有個人嘀咕了一句。

「啊，她的姓氏是志田嘛……」

「因為氣質跟志田學姊不同，我就沒發現……」

這樣的狀況從以前就不算罕見。黑羽長得像父親又嬌小，碧則像母親而且個頭高，初次見面的人往往不會發現她們是姊妹。

「──你們幾個。」

白草瞪向陽光男軍團。

「小碧正感到困擾，難道你們沒發現嗎？要是這樣，希望你們以後都別接近她。因為小碧是我疼愛的小妹。」

「可、可知學姊……是本尊耶……」

「對、對不起……是我們不小心……」

只要白草釋出冷漠的氣息，沒相當歷練的人都會打起寒顫。尤其他們之間還有學姊跟學弟的身分差距，功效顯著。

「我去讓腦袋冷靜一下……」

有個人這麼說完就溜，其他陽光男也跟著離去。

碧亮著眼睛從座位起身。

「白草學姊，妳有來啊……！」

「是啊，我好奇妳的狀況。」

「而且妳還幫了我，謝謝學姊……！」

面對白草，碧的態度就好坦率喔。

哎，畢竟黑羽和我都像她的家人一樣。

碧深受運動社團的習氣浸染，原本她對學長姊的態度應該是像對白草這樣才正常吧。

由於碧跟黑羽還有白草聊得熱絡，我就去找陸了。

「唔喔！」

我不由得叫出聲音。

因為陸坐在教室前面的座位，始終盯著我。

他依然是梳飛機頭，因此有強烈的不良少年氣場……然而，目前絲毫沒有魄力，反倒軟趴趴的，臉頰看起來甚至有些消瘦。

「嗨，陸，過得怎麼樣？」

我離開碧她們身邊，向他搭話。

於是陸從雙眼冒出了跟瀑布一樣洶湧的淚水。

「怎、怎麼了嗎？」

「學、學長……真的好感謝……你肯跟我講話……！」

他牽了我的手，膜拜似的低下頭。

「噢、噢噢……都跑來這裡了，當然會找你講話吧。」

「從入學典禮到現在，肯和我講話的人，學長你是第一個！」

「啊～～」

也是啦……陸這傢伙，聊過以後會知道是個好人，外表卻一副凶樣，就連在朱音那次的風波都遭人誤解……

「國中時班上起碼都會有個像我這樣不合群的人，我大多跟他們一起混……可是，這裡是升學取向的學校，大家好像全是乖學生……」

「你外表看起來皮皮的，內在卻是御宅族啊。至少把飛機頭換掉看看如何？」

「這是我的信條，所以我不會退讓。」

「你都把骨氣用在奇怪的地方耶！那就認命吧。」

「拜託學長別拋棄我啦～～！」

被體格好的學弟抱住未免太令人高興不起來……

我想把陸扒開，就聽見可愛學妹的講話聲。

「欸欸欸，我聽人說過，丸學長跟同樣在群青同盟的甲斐學長是一對……」

「啊，我也聽過！妳是指『體諒我，群青』事件對吧！」

「這該不會表示……」

「肯定是那樣！學長有小三！跟粗魯型男生之間的三角關係！」

「呀啊～～！尊爆了～～！」

我抱頭吼了出來。

「喂～～～～～！陸～～～～～！你害話題延燒到其他層面了啦～～！」

「基本上，我總是會在話題中被燒到，並不介意。」

「我沒問你介不介意～～！總之放手啦～～～～！」

「別這麼說啦，拜託學長幫幫我～～！」

「趁現在拍照吧！我要加入漫研用他們兩個當題材畫同人！」

「求妳們不要～～～～！」

結果，黑羽跟白草看不下去才介入讓混亂的現場獲得平息。

*

新學期剛開始時，我們這些注目度高的群青同盟成員每次走在走廊上就會被新生搭話，不過類似的狀況逐漸緩歇了。

另外，幸虧成員們幾乎都比照原班級升了一個年級，也就毫無不協調感地迎接新學期——但是在我們演藝研究社面前擋著一個大問題。

「…………」

「…………」

「…………」

「…………」

位於體育館後頭的第三會議室裡，堆了成疊想加入社團的報名單。

昨天，社團介紹後過了一週，入社報名已經截止。

因此在今天，我們第一次目睹聚集起來的報名單全貌——然而數量實在太多，我、黑羽、白草、真理愛四個人都說不出話了，就這麼回事。

一臉平靜的只有哲彥與玲菜。

「喂，哲彥，這有幾張啊？」

「兩百零五張。」

「…………啥？」

「我是說，兩百零五張。」

我不得不愣著張開嘴。

畢竟新生有四百人，想報名參加我們社團的人超過了五成。

其他社團當中，我記得人數最多的是足球社……目前二年級與三年級加起來差不多三十個人吧？

奇怪……這數字完全錯亂了……

「不會是數錯了吧……？」

「是我數的，不會錯喲。」

玲菜露出尖尖的犬牙，充滿自信地拍了讓人想感謝大自然恩惠的豐滿胸脯。

「之前志田學姊她們不是也預測過會有一～兩百人嗎？雖然超過那個數字有點令人驚訝，但是看到大大的傻臉，我心情會難過，希望你別這樣喲。」

「妳說誰一副傻臉！」

「反對霸凌學妹～～！」

我捏了玲菜的臉頰，她便不滿似的掙扎。

玲菜掙脫我的攻擊以後，難得惡狠狠地仰頭瞪了過來。

「大大……你最好要明白能對我做這種事的日子已經不多了喲。」

「哦，妳嫌被捏得不夠？」

我將手掌開開合合地朝玲菜靠近一步，她就退後了一小步。

「先前我讀一年級……還是準班底……以年齡和職銜來講都是最底層，所以也無可奈何。不過——以後就不同了喲。」

玲菜使勁握拳，甩了甩馬尾。

「不用等到一年，桃仔就會成為社長！而我是她的左右手！有眾多一年級生會加入！一年級成員會仰慕的當然是年紀相近的我們兩個！大大的腦子不靈光，所以由我來教導吧，作戰靠的是數量喲！」

「妳說誰腦子不靈光？」

「聽我說啦～～！」

我又捏起玲菜的臉頰，她就抓住我的手腕做出抵抗。

「妳的成績是學年第一名吧？也該學乖了啦。」

「誰教我是不說謊的。」

玲菜一臉認真，極為冷靜地回嘴。

我用大約比剛才多一倍的力氣捏她臉頰。

「好好好，我一副傻臉又腦袋不靈光。妳自始至終就是想這麼說，對吧？」

「我不會屈服於權勢與暴力喲～～！」

當我們像這樣耍蠢時，黑羽跟白草正在旁邊一張一張地翻閱報名單，蹙起了眉頭。

「備註欄裡滿滿寫著拚勁，看了就會想錄取呢。」

白草抱持同情的態度，被哲彥冷酷地潑了冷水。

「妳太天真了，可知。這種文章在商務入門書之類都抄得到，對方反而有可能偷懶。」

「啊，你還要他們附大頭照啊。」

由於黑羽這麼嘀咕，我就拿了一張報名單看看。

即使稱作報名單，也不是手寫的。要下載報名單檔案，填好之後送出，再用彩色列印輸出。

剛才玲菜有自信說沒數錯，應該是因為他們本來就建檔管理了吧。

照片可以用手機拍，只要臉看得清楚就沒問題，不過性格很容易顯露在上面，越是貌似認真的人表情越嚴肅，越是氣質輕浮的人越有笑容。

「！」

我看了拿到手裡的報名單，頓時睜大眼睛。

連忙又抓了二十張左右，單純瀏覽過臉孔。

接著我挑出三張，並向哲彥招了招手。

「怎樣，末晴？」

「你來看看，哲彥。」

我擺出握拳叫好的架勢。

「——光是簡單看一看也能發現今年的新生……有很多長得可愛的女生。」

「啊，哦～～……」

「哦～～……」

「末晴哥哥……」

有殺氣扎在我背後。寒意侵襲，讓我全身冒出冷汗。

「對不起喔～～小晴……我是長得不可愛的女生……」

「末晴哥哥，你能不能多看看人家的臉呢……？人家是從演藝圈的大風大浪挺過來的女演員……可不覺得會輸給這些小丫頭喔……」

我打起冷顫，卻發現平時舌鋒更利的白草沒有作聲，就不解地緩緩轉過頭。

於是——白草正滿臉通紅，忸忸怩怩。

「那、那個，小末……要照片的話，要我拍多少都可以，你能不能比較看看……？當然，前提是你不能拿給任何人看……比如我拍寫真穿過的服裝，就可以穿給你一個人看……那樣的話，會不會比這些女生更可愛、更有魅力……？你覺得呢，小末……？」

唔唔，好厲害……多麼有破壞力啊……！

宛如以時速一百六十公里將直球扔來的心意，無可抗拒的粗暴魅力貫穿我的胸口。

那實在太可愛，我覺得全身血液好像都隨之逆流，讓腦袋受到震撼。

「那、那樣的話，末晴哥哥！人家也一樣！要人家穿什麼服裝拍照都可以喔！」

「哈哈哈，謝了……」

我對真理愛苦笑，費盡心力壓抑內心的動搖。

明明真理愛也講了同樣的話，心動程度為什麼會有這麼大的差距？

真理愛是藝人，看慣她穿各種服裝也是因素之一。

不過更重要的是，我所認識的白草講了如此大膽的話，這大有影響。

換成告白前就不可能會這樣。

她不以為意地當眾說出了只會對男友說的話。

當初讓我產生初戀的容貌、服裝都保持原樣——只是表情變得柔和。

「豁出去的可知同學居然會這麼可怕……我又必須從長計議了……」

黑羽喃喃嘀咕著什麼，但我沒聽見內容。

＊

「所以，結果要怎麼辦？」

現場鎮定下來以後，我問了哲彥。

「小桃思考的入社條件，你驗收過了吧？差不多該告訴我們內容了啦。」

「說得也對。那麼，真理愛，麻煩妳了。」

真理愛從座位起身，移動到白板前面。相對地，哲彥坐到玲菜旁邊。

在社辦，平時總是哲彥站到白板前說明。換成真理愛以後，讓我有一點世代交替的感觸。

「呃～～這次人家思考入社的條件，有參考過商務入門之類的書，還安排了能看出『報名者是否令人想一起從事活動』的入社測驗。」

不愧是真理愛。參考商務書籍或許是最基本的，但她似乎有先研究，那就再可靠不過。還有「是否令人想一起從事活動」應該也是相當關鍵的要素。

「還有外部條件——這是跟老師們協議過才加上的條件，他們希望正式成員要控制在十名以內。」

「指定十名，是有什麼根據嗎？」

我如此問道，真理愛就聳了聳肩。

「不，沒有特別根據，好像只是個粗略的基準。要是社員被演藝研究社搶走太多，八成會有社團倒掉，這是希望我們盡可能收斂的原因之一。另外從老師們的立場，對於社團向校外發送訊息相當抗拒……不過，演藝研究社的活動內容無論如何都容易放飛自我，因此學校也希望成員能少就少——真實心聲差不多是這樣。」

「……現在提這個也嫌晚了，真虧演藝研究社能獲准成為社團耶。」

「那是因為我抓住了老師的把柄，暗中護航啊。」

哲彥把重心靠在椅背上，驕傲似的說：

「欸，你別若無其事地自白犯罪行為好嗎？」

哲彥索性無視我說的話。

「上傳文化祭影片時，事情就已經鬧到連媒體都來了啊～～考量你、可知與真理愛的名氣，以校方的立場，與其讓你們各自行動，集中在一處還比較容易監視吧？我是這麼跟老師咬耳朵的啦。」

「啊～～也是有那種觀點嗎……」

「然後，我把身為模範生又獲得老師們莫大信賴的志田擺在副手位子，他們就會覺得：哎，那樣應該不會真的做出什麼糟糕的事吧……所有人就放心啦。再說，玲菜也是成績第一名的特待生，真做出糟糕的事應該就會被剝奪資格，所以老師們好像也認為她可以幫忙擋麻煩。」

黑羽和玲菜一臉生厭地嘆氣。

「原來我的名字被你拿去那樣利用了啊……」

「阿哲學長，你連我是特待生這點都算進去了喔……」

真理愛在胸前合十輕拍，聚集大家的注意力。

「換句話說，我們這五個人＋玲菜同學這個班底，已經取得了絕妙的平衡。所以按照當初的方針，人家錄取社員會以量少質精為目標。再提到篩選標準，目前人家想確認的只有一點。」

「咦？要報名的人填寫這麼多，卻只確認一點？」

報名單上安排了本名、生日、班級、報名動機等各種項目。

「是的，報名動機之類在面試時會用到，不過有項目當場就能先把人剔除。那就是——」

真理愛抓起黑筆，在白板上重重地寫字。

「——有沒有積極經營自己的社群網站，這一點！」

「啊……啊～～原來如此……」

有演藝經驗的我頓時理解了。

黑羽發出疑問的聲音。

「我應該大致懂妳的用意，不過保險起見，麻煩妳還是做個說明好嗎？」

「當然。」

咳——真理愛清了清嗓。

「群青同盟會在社群網站上活動，所以最怕的就是『資訊外流』。」

「影片推出之前，要是有人為了爭取追隨者而搶先爆料，就會讓人氣不過。」

「可知所說的以具體事例來說並沒有錯。不過，考量到本質就能看得更廣闊。」

「什麼意思，甲斐同學？」

「本質在於『我們不能跟無法遵守約定的人共事』、『為了蹭名氣才加入群青同盟的人不會跟我們合得來，還只會惹火我們』這兩點。」

哲彥用詞辛辣，不過應該可說是事實。

哲彥拿起一張報名單，指了社群網站的填寫欄位。

「所以嘍，我有要他們在報名單寫下自己使用的所有社群網站。追隨者人數也寫在上面，所以超過一千人的都挑出來了。然後，自我表現欲強的人在這一關就可以淘汰掉。另外像喜歡出風頭的人，一旦敲定會參加同盟，就要開條件要求他停止更新網站。」

「滿嚴格的耶……」

「我覺得這還算管得鬆喔。加入群青同盟的瞬間，就算得上知名人物了。想沾光的傢伙多得不得了，要是不好好篩選，到時候倒楣的會是我們。以往我是因為跟你們熟才沒有準備保密契約書，現在我已經拜託總一郎先生幫忙製作了。」

「唔哇……」

唉，不過群青頻道的播放次數與訂閱人數比不紅的藝人還多，想從中分一杯羹的人當然多，哲彥會提防也是無可厚非吧。

我在演藝界也看過許多那樣的傢伙。

比如成了偶像，卻到處勾搭女生而弄得自己消失的人，或者有了錢就突然開始揮霍的人。

錢與人氣都是讓人失心瘋的要素。這方面，哲彥似乎相當明白。

真理愛繼續說下去。

「這算人海戰術，因此請大家協助。然後在下一個階段，人家認為還是該舉辦面試。」

「面試……？以前我們不是討論到報名者會太多，還是算了嗎？」

「人家在當中準備了簡單明瞭的機制與標準。當然還是會相當累人，不過我認為有必要做這樣的審查。接下來就要進行說明，請大家仔細聽。」

真理愛朗聲說道。

聽過以後，我們都恍然大悟而接受了。

＊

幾天後——在某文化中心會議室前。

「好的好的，你是從下午兩點五分開始面試的橫山同學對吧？給你，這是名牌喲。請別在胸前並到等候室等待，輪到你就會叫名字。」

「啊，好的，我明白了！」

玲菜在寫著「面試會場」的會議室前擔任接待員，領著穿便服的男同學到位於對面的「等候室」。

在等候室裡已經有七名左右的學生。

男同學巧遇同班的人，就向對方搭話。

「原來你也有來喔。」

「是啊～～畢竟看過群青頻道，就只能報名了嘛。」

「就是啊～～像丸學長那樣，聽說一年級時都沒有收到情人節巧克力，二年級時就裝了一整個紙袋。」

「唔喔，猛耶～～！真有夢想～～！加入群青同盟的期間，聽說上社群網站會受限制，但只要順利打響知名度，上大學應該就可以當WeTuber耶。」

「太有賺頭啦……！我絕對要過面試這一關……！」

兩個人低聲聊得起勁。

一旁有另外三個男同學興高采烈地聊著這些：

「我、我參加了真理愛的粉絲團……絕、絕對要通過面試才可以……」

「話說，我是可知學姊的真愛黨……因為頻道沒開放超級留言功能，其實我都會定期送禮物過去……」

「白痴！最棒的是志田學姊吧！那張蘿莉臉，還有那對胸部！小惡魔般的性格！她才是我的理想！人生當中，再沒有第二次機會讓我接近那樣的人了！要是能夠加入，我就要假裝腳滑撲向她的胸部……！」

另外，坐在離他們不遠處的女同學們則有這樣的對話：

「甲斐學長果然很帥耶～～」

「咦～～聽說那個人超花心的喔～～我覺得丸學長比較好～～」

「不過，比長相還是甲斐學長比較好啊。」

「是那樣沒錯啦，可是丸學長跳舞還有當演員的時候都超帥的啊！再說，跟丸學長交往超有面子耶！」

「以前在電視上看到的小丸就是那個人，總覺得好不可思議耶～～哎，是看得出當年的影子啦。」

「跟丸學長交往的話，我是不是也會被找去演藝圈呢～～實際上，聽說志田學姊就被找去談過。」

「不會吧！真的假的？」

「但她好像拒絕了喔～～實在是莫名其妙～～」

「什麼嘛～～給人感覺超差的。可知學姊也是一副自以為了不起的模樣，我就對她印象不太好。」

「就是說啊～～我會想追丸學長，也是因為志田學姊、可知學姊還有桃坂學姊好像都傾心於丸學長喔。」

「……那妳還追他是什麼意思？」

「能跟丸學長交往的話，代表我高過那三個人吧？意思就是我贏了啊。」

「原來如此～～的確耶！那我也追丸學長好了～～！」

「啊，妳不要學我啦～～！」

等候室裡就像這樣聊開了。

但是，他／她們並不知道。

等候室裡面，玲菜裝設的監視攝影機正在運作。

「這傢伙也不行耶～～完全中了桃仔的計喲～～」

玲菜戴著單邊耳機，用電腦看拍到的畫面並聽他們對話，就在報到名冊上做了標記。

真理愛準備了「三階段考驗」。

第一道考驗就是在等候室裡安排的監視攝影機，這是用來聽繳交報名單的新生們有什麼真心話。

當然，之後其他人也會核驗，然而要全體成員將每個人都核驗一遍並不符效率，才會讓玲菜在最初的階段就先標記出沒指望的人。

（不過，沒想到才第一階段就有這麼多糟糕的新生……難怪需要審查……看他們這樣，才曉得丸學長以及群青同盟的成員都是相當善良的人喲……哎，阿哲學長算唯一例外啦。）

玲菜感到無奈，並嘆了氣。

「請問～～報到處是在這邊嗎？」

「啊，是的，在這裡喲～～」

玲菜抬起臉，用笑容迎接另一個到場的新生。

＊

另一邊，在面試會場——

那裡充滿了緗緊的緊張感。

長桌擺在窗邊，末晴、哲彥、黑羽、白草、真理愛五個人坐成一排。

但他們並不是單純坐著，所有人都帶著不悅的臉色散發出沉重氣息。

末晴拄著手肘顯得意興闌珊；哲彥不時會咂嘴；黑羽用食指敲響桌面；白草一直用冷冽的眼神看人；真理愛則興趣缺缺地打理著輕柔秀髮。

在這樣的五個人面前，有個接受面試的褐髮男同學坐在房間正中央擺著的一張椅子上。

男同學不願輸給壓力，一面發抖一面仍拚命扯開嗓門。

「因、因為那個國中的死黨喜歡群青頻道！我受了影響也跟著開始看！於是——」

「影響是嗎……」

真理愛好似不在乎地嘀咕。

「換句話說，你是出於跟風又想成名才希望加入，這樣解讀可以嗎？」

黑羽臉上笑吟吟的，眼裡卻沒有笑意。

男同學頓時察覺到危險而急著抗辯：

「不、不是的！我、我在小學的時候，也受了小丸『小羽之舞』的影響——」

「小丸？」

白草銳利如刀地打斷他。

「要叫『丸學長』才對吧？不覺得這樣對高自己兩個年級的大學長很沒禮貌嗎？」

「啊，不是的，我沒有那種意思！」

「不然你是什麼意思呢？」

「丸、丸學長以前的那個稱號實在太受歡迎……所以我不小心……」

「哎～我就是只有這點分量啦～反正你在文化祭影片推出時，也是跟身邊朋友一起嘲笑我的那種人吧？」

「絕……絕對沒有那種事！」

男同學瞬間語塞，而哲彥沒放過這一點。

「——這是在說謊吧。從剛才到現在，你說謊時都會抖眉毛。」

男同學急忙遮住眉毛，哲彥見狀就賊賊地笑了。

「哎呀，看來笨學弟上當嘍～～」

「哎呀呀，連這麼經典的套路都因應不了。萬一這個人加入，人家身為下屆社長，可得好好管教一番才行，黑羽學姊妳覺得呢？」

「說起來，有必要讓他加入嗎～～？還有很多志願者吧？」
「也對，好主意。小末有什麼看法？」
「雖然你好像挺瞧不起我，有沒有話想趁現在說一說？就當最後的機會，我都願意聽喔。」
全身都在流汗，連臉都抬不起來的男同學洩氣地垂下肩膀嘀咕：
「沒有，我無話可說……失禮了……」
面試結束，男同學腳步蹣跚地從租用的會議室離去。
門關上的瞬間，面試間的空氣一舉放鬆。
「唉～～剛才那傢伙，沒什麼骨氣耶～～」
彷彿在抱怨浪費時間的哲彥搔了搔頭。
末晴先是發出嘆息，然後撇嘴。
「看了我的文化祭影片會笑是當然的，他乾脆老實說『簡直笑歪了！』就好了啊～～」
「他那種掩飾的方式給人印象不好。還有，每個人開場的自我推銷都是同一套……我都忍不住想告訴他們，那些話已經聽膩了。」
「黑羽學姊提到跟風時帶著殺氣，以壓力面試來說太高明了。」
「被妳那樣稱讚也很困擾耶……要比殺氣，可知同學不是比較厲害嗎？」
「！誰教他要把身為學長的小末叫成小丸！在我的觀念裡，當時就該轟他出去了喔！」

沒錯——「壓力面試」。

這就是真理愛訂出的第二階段審核。

無論在等候室表現得多安分，光靠那樣也無法了解為人的本質。

刻意用惡劣的態度對待，讓對方畏縮或者激動，藉此試探是不是能夠與自己共事的人。

「唉，雖然事情都做到這個分上了——」

黑羽將手邊的寶特瓶裡摻醬油的特製柳橙汁一飲而盡。

「我們給人的感覺很糟糕吧。之前開會聽完說明時還可以認同，但實際當了面試官以後，難免覺得對方好可憐……」

「我倒不那麼認為喔。這等於是一種測驗吧？」

「什麼意思，可知同學？」

白草喝了一口咖啡。

「畢竟只要看過群青頻道，就會曉得我們根本不是會對學弟妹施壓的那一型，而且還會集體安排一些整人企劃，不是嗎？」

「啊，對喔……這場『壓力面試』也可以解讀為整人企劃……」

「這是在考驗他們能不能看穿其中真正的用意。怨恨我們的話，就跟在期末考或實力測驗時怨恨老師一樣沒道理。我是這麼想的。」

「白草學姊的意見或許算極端論，但人家認為大致上都沒錯。而且造成面試者不快，本身對審查就是有幫助的。」

真理愛原本對黑羽喝的醬油柳橙汁板起了臉，然後又收斂表情嘀咕：

「『看不透壓力面試真正用意的人』肯定會『上網發表』對群青同盟的不滿吧。這是比重占最高的判斷標準。人家有合作密切的調查公司，會請他們查清楚那些意見是什麼人寫的，並且二話不說地把發表不滿的人淘汰。」

「可是，這樣我們的風評不會變得相當糟嗎？網上發表的留言並不會消失吧？」

末晴提問，哲彥就插了嘴。

「之後我會揭露內幕，你別在意。『因為有許多人報名想加入，我們試著在測驗採用了壓力面試的做法』，對外就用這樣的說詞。既然群青頻道早就玩過好幾次同類型的整人企劃，話題不至於燒起來啦。何止如此，發表不滿的那些傢伙在別人眼裡，八成像看不透企劃真正用意的糊塗蛋，或許他們還會自刪發文。」

真理愛補充說道：

「末晴哥哥，之前校慶影片公開之際，曾經被談話節目拿去當題材吧？」

「對啊，是有那麼一回事……那段歷史太不光彩，我就從記憶抹消掉了……」

末晴捏了捏眉心，黑羽跟白草也露出苦瓜臉。

「到時候萬一有狀況，人家也會跟掌握情報的公司合作將整件事撫平，請大家放心。」

「原來如此。相較於能登上談話節目的題材，我們辦的壓力面試以話題性而言應該不高，那就沒問題吧。」

真理愛用充滿自信的語氣說道：

「擺在等候室的監視攝影機、在面試會場的壓力，還有之後以社群網站為主的發言調查——雖然只能看出大概，還是可以讓我們認識一個人的本質才對。至少守不住祕密的問題人物，預計都會在過程中篩選掉。這就是人家想出的『三階段考驗』。」

末晴用力點了頭。

「不愧是小桃，做事真夠徹底。」

「很榮幸得到你的誇獎，末晴哥哥。」

穿著一身輕盈洋裝的真理愛坐在位子上，稍稍提起裙子行禮。

光這樣就優美得足以入畫，只能說不愧是演員。

「請問，可以讓下一位進去面試了嗎～～？」

玲菜微微打開門並探出臉。

「好，麻煩妳。」

「ＯＫ喲。」

得到哲彥應聲的玲菜關門回到走廊。

「小晴。」

黑羽拽了拽末晴的衣袖。

末晴了解似的點頭回應，黑羽後頭的白草也同樣點了頭。

面試間裡瀰漫著與先前不同的緊張感。

在壓力面試當中，會緊張的並不只有接受面試的那一方。

因時因地而異，「也有面試官會緊張的場面」。

面對下一個進來的學生正是如此。

「我是一年F班的志田碧！請多多指教！」

清爽短髮，還有感覺活潑的眼睛；身高比平均值高了不少；胸部與臀部固然有肉感，與其形容成女人味，給人的印象更像身軀柔韌的獵豹。

白草差點不自覺地露出笑容，腳就被黑羽不著痕跡地踹了一腳。

沒錯，就算是交情再好的熟人，在這種場合露出那種表情就純屬偏心了。

既然決定要採取壓力面試，就得公平地壓迫所有人才行。

——是否能展現出足以讓人感到有壓力的演技。

擔任面試官的五個人都被如此要求。

哲彥帶著冷漠的臉色告訴碧：

「妳坐。」

「失禮了！」

碧在房間中央所擺的椅子上坐了下來。

聲音清亮，動作俐落大方。用不著多問，任誰都看得出她在運動社團磨練過。

「我說，小碧啊～～醜話說在前，我們不會給妳特殊待遇。」

「！」

要擺姿態刁難人，哲彥是一流的。

他突然先發制人，使碧一瞬間顯得畏懼。

「在這當中我跟妳關係應該最淺，在沖繩旅行也還是請妳幫了忙，還有之前朱音被阿陸告白鬧出的風波，也因為有妳協助而結下了緣分。」

「……是的。」

「不過──」

哲彥把腳蹺到桌上。

「那碼歸那碼，這碼歸這碼。妳懂嗎？」

這種舉動簡直像演藝公司的傲慢老闆在威嚇來自鄉下志當偶像的女生。

白草擔心會否演過頭似的瞇細眼睛。

但另外三個人就不一樣了。

「碧，我贊同哲彥同學說的話。沒有正當的報名動機，又做不出正當行動或判斷的人，我並不會因為親人這層關係就放行過關。」

「小黑說得對。演藝研究社有兩百人以上報名想加入。所以，假如妳抱著自己跟小黑是親人就會被錄取的天真想法，最好現在立刻回去。隨便錄取的話，我們對淘汰的那些人無法交代。」

「小碧，我記得妳國中是參加網球社，還曾打進全國大賽吧？為什麼沒去報名網球社呢？該不會是打網球太辛苦，感覺演藝研究社比較有趣……妳有沒有這樣的想法呢？」

末晴與真理愛完全進入演技模式了。

他們倆是童星出身，而且都屬於有電視演出經驗的演員。身為專家，想演誰都能切換自如。

黑羽身為姊姊，也深明偏袒親人對碧比較不好的道理。另外哲彥過去點出的演技力也有所提升，導致她毫未顯露破綻。

碧毅然挺直背脊。

「我在國中時就決定停練網球了。之所以會進這所學校，也是為了將來要在大學進修運動醫學。」

「換句話說，網球讓妳在國中時受挫，這次就想在念書之餘參加演藝研究社。人家這樣解釋可以嗎？」

「不，並不是那樣的！」

「不過聽起來是耶。人家跟末晴哥哥都是一邊上學一邊拿出職業級的工作成效，這妳曉得吧？白草學姊也在日前推出了新的小說上市；哲彥學長和黑羽學姊則是取得優秀的學業成績，並致力於演藝研究社的活動。像小碧妳這樣立刻就放棄的半吊子，人家可不覺得能在演藝研究社有出色的表現喔。」

現場一片沉靜。

面對真理愛的強烈言詞要如何應對——末晴等人都默默觀察著碧的反應。

「桃坂學姊，我想不出能順利辯駁的話。」

碧擠出了這一句。

「那麼，可以當作妳承認自己沒能力嘍？」

「不。我會加油，請給我機會！」

「妳說的機會，是要我們讓妳加入社團？」

「是的！或許我是個半吊子的人！不過正因為受過挫折，我也學到了一些道理！」

「舉例來說呢？」

「我學到自己扮演的並不是主角！」

真理愛隨之瞠目。

其他成員也訝異地傾耳細聽。

「擅長運動，練網球也進步得比任何人都快的我，曾以為自己可以成為職業選手。不過，我在大賽中被真正有職業選手天分的人打得落花流水，才知道自己有多少斤兩。而且在失落沮喪的時候，我重新體認到自己一路走來獲得許多人的支持。在這樣的過程中，我發現自己有想幫助的學弟妹。」

「哦～～那妳是覺得自己可以不用在群青頻道的影片中露臉嘍？」

哲彥仍蹺著腿問道。

碧用力點頭。

「是的。末晴……不對，丸學長不僅有當過童星的知名度，現在也仍具備足以成為大明星的演技與舞蹈能力。桃坂學妹同樣是往後會在電視上活躍的人物吧。我沒有能跟那種人比肩的魅力，何止如此，我也沒有可知學姊身為小說家的那種才華，當然像甲斐學長那樣的天分更是自始至終都欠缺，甚至自覺在各方面都不如姊姊。」

「碧……」

濕了眼眶的黑羽嘀咕。

「我當幕後工作人員沒有問題。當然叫我露臉的話，我就會露臉，但我認為那是在自己學習過以後的事。」

「妳說的學習是什麼意思呢？」

白草問道。

「我想讀的運動醫學是以體育選手為主角，學問本身則是為了輔助他們散發光彩。在場各位都具備某方面的技能或才華，想必是可以擔任主角的人物。我想在幕後觀摩那樣的過程。要怎麼做才能輔助支持他人，自己辦得到與辦不到的是什麼——我希望能學習這些。」

「碧……」

「小碧……」

有別於以往言行的意外發言，使得認識碧平日模樣的末晴與白草都只能低聲喚她的名字。

哲彥朝真理愛使了眼色，真理愛便微微點頭。

「人家明白了。面試到這裡結束，結果會在十天後通知。感謝妳今天來到現場。」

碧帶著完成一件事的表情起身，大動作地低頭行禮。

「謝謝！失禮了！」

她就這樣從房間離去。

門一關上，黑羽便自言自語般嘀咕：

「妳有所成長了呢，碧……」

「是啊。」

白草立刻表示同意。

其他成員也互相點頭，並且望著碧離開的門口。

*

「——那麼，以上這些就是面試通過者，大家覺得可以吧？」

「無異議。」

「沒有問題。」

掌聲響遍演藝研究社的社辦。

面試後過了十天，經過嚴整的審查，人數多達兩百零五的報名者篩選到只剩十七名。

「不愧是小桃學妹……審查得實在徹底……」

「靠社群網站的留言就能了解那麼多……哎，雖然大概是桃坂學妹委託的調查公司厲害就是了……」

黑羽跟白草流露出半誇獎半傻眼的氣息。

「小桃，我知道那份調查報告書找了某間企業製作，不過妳花了多少費用啊？」

「這次可以算是群青同盟的徵人活動，因此人家動用了群青頻道的獲利。人家沒有自掏腰包，所以不要緊喔。」

「可是妳沒有回答到問題……意思是我不追究金額會比較好嗎……？」

真理愛嫣然露出在電視上也廣受歡迎的笑容。

背後所掩蓋的金額之高讓我冒了冷汗，但我感覺到不過問會比較幸福，就把問題打住了。

「真虧能篩選到只剩十七人耶～～」

我靠向椅背，黑羽就蹙起了眉頭。

「與其稱作篩選，倒不如說是他們自己把自己篩掉的……網路的地下論壇未免太恐怖……」

「雖然我們特地採用壓力面試也是原因，不過那些人寫的壞話真夠多的……」

諸如失望、自以為是、令人不爽、差勁等等──調查報告書裡滿滿都是對我們面試態度的辱罵之詞。

「我看人發表小說的感想已經習慣了，所以早想過大概會這樣耶。」

「我覺得自己好像會變得有點不能相信他人……」

「人家也屬於習慣的這一方，因此並不介意呢。不過意見讓人氣惱的幾位學弟妹都先列成了清單就是了。」

「某方面來說妳才是最恐怖的！」

真理愛頭腦聰明，所以不會忘記誰對她有敵意，明明外表看起來最溫和，卻完全不害怕跟人起衝突。可以說她就是這樣才挺得過演藝圈的大風大浪……哎，只要她跟我們站在同一邊就值得信賴，所以也好啦。

「在我心目中，評價最高的是小碧，你們呢？」

白板上將十七名合格者的報名單貼成了一排。

我順著哲彥問的，望向合格者一覽。

「你居然會稱讚人，還真難得。」

「她的外貌足以加入演出的陣容，感覺也會滿受歡迎，不過態度那麼樂於付出倒是讓我意外。幕前幕後都能用的人才很寶貴，我就提高了對她的評價。」

白草輕輕舉起手。

「我也對小碧評價最高。既然這項審查原本就旨在測試跟我們合不合得來、是否能成為少數精銳，感覺是不是可以算她合格了呢？畢竟一起去沖繩旅行以後就知道彼此似乎合得來。」

真理愛及玲菜點頭。我當然也點頭附和。

「感謝大家的意見，但我們還是公平地將測驗進行到最後再判斷吧。」

反駁的人是黑羽。

「不然別人會說果然是因為有身為姊姊的我在才獲得面試優待，感覺對她並不好。」

「嗯，志田說得對。」

哲彥贊同後，都沒有人表示反對。這表示碧已經過了合格門檻，但大家還是決定讓她接受測驗到最後吧。

「還有誰讓你們在意的嗎？」

我再次仰望白板。

「大家覺得陸這個學弟怎樣？」

間島陸。註冊商標是飛機頭的壯漢，以前他曾向朱音告白過，轟轟烈烈地被甩掉以後還鬧出風波，我才認識了這個學弟。

那件事情過後，我跟他意氣相投，還陪他討論報考高中的事，因此本來觀感就不錯。這次審查我也希望能讓他過關。

但是由我一個人出聲硬拗，怎麼想都不好，才想聽聽看大家的意見。

「人家給他的評價並不壞喔。」

「哦，哪個方面？」

「那個不良學弟外表是有點嚇人，但他在等候室有遏止其他面試者聊我們的八卦吧？」

「對啊，是那樣沒錯。」

在等候室裡，很多男同學就因為第一次能跟真理愛見面，都樂壞了。

但是能見到真理愛不只讓他們高興，也有滿多人喜歡嚼舌根，就聊起了我們之中有誰跟誰在交往——這一類的傳言。

陸聽見以後就開口：

『你們幾個，少講那種對學長姊沒禮貌的話啦。』

像這樣阻止了他們。

「人家覺得他值得調教成隨扈。」

「小桃，別隨口講出調教這種詞好嗎？由妳說出口，聽起來可不像玩笑話耶。」

真理愛微微歪過頭，然後嫣然一笑。

「不不不不不！我之前就說過了，妳這樣糊弄不了人啦！」

白草翻起手邊的紙張。

「……啊，原來這則網路留言是他寫的。」

「小白，妳在說哪一則？」

「這則。『態度擺那麼惡劣，看就知道是故意的吧。你們連這種事都沒發現啊。』他是這麼寫的。」

哲彥插話了。

「留言的內容是可以給高分，不過，那傢伙跟我還有末晴講過話啊。從他的角度，很容易就知道我們不是會那樣刁難人的類型，這也要納入評分考量。」

「咦，只有你是用本性面試吧？我才沒辦法像你那麼高姿態。」

哲彥坐著朝我的側腹輕輕揍了一拳。

「末晴，你在說什麼啊？我做人超親切的耶。就算你沒看人的眼光，也別誤解我喔。」

「你做人超親切？啊哈哈！要搞笑你靠那張臉就夠了喔。」

「那倒是我要說的台詞耶。」

當我們互瞪時，唯一為了攝影而站著的玲菜就插話了。

「好了好了～～！吵架ＳＴＯＰ～～！」

唔——雖然沒辦法消氣，但這也無可奈何。為了可愛的學妹，我就別發飆好了。

「阿哲學長還有大大，你們真的很幼稚耶。應該說你們都在吵一些芝麻綠豆大的事嗎？」

霎時間，我跟哲彥同時目露凶光。

「啊？玲菜，妳剛才說什麼？」

「妳這個當學妹的還是一樣囂張耶……」

「——末晴。」

「——嗯，哲彥。」

我們用眼神對話以後，我就擰起玲菜的臉頰，哲彥則抓她的手扣住手指關節。

「為什麼你們直到剛才還在吵架，默契卻這麼好呢～～」

白草傻眼地嘆氣。

大概是為了改變話題，黑羽說話了。

「哎，間島學弟表現不錯應該是大家共同的感覺，但他在面試時就有點除了拚勁之外什麼都沒有的調調。重要的是看他在下一項測驗能不能跟我們這些成員合得來吧？」

「嗯，也對啦……」

陸面對我們的壓力面試——

『不，沒問題！我有拚勁，會設法解決！』

『我會靠毅力克服！』

『比拚勁我不會輸給任何人！』

他一再像這樣靠毅力說事。

雖然比脾氣彆扭古怪好很多……讓人擔心會不會出問題倒也是事實。

「十七人嗎……」

白草望著白板上的合格者們嘀咕。

「小白，有什麼讓妳感到介意的嗎？」

「起初有兩百人以上，所以篩掉了相當多人，可是校方希望我們控制在十人以內吧？」

「是啊。」

「剩下的成員無論是在等候室、面試或之後的社群網站調查中，都沒有令人反感的地方。他們就是這麼難分優劣。接下來妳打算怎麼選呢，桃坂學妹？」

「呵呵呵，這人家可沒有疏忽喔，白草學姊。」

真理愛用視線向玲菜打了信號，玲菜就迅速把擱在手邊的紙張發給所有人。

「小桃，這是——」

「如各位所見……」

真理愛使勁握起了拳頭。

「這個週末，人家要舉辦兩天一夜的最終選拔集宿！」

第二章　集宿潛藏的陷阱

＊

週六，早上七點──

儘管櫻花已經完全謝了，天氣仍舊晴朗。沒必要加外套，身體也跟著變輕快。

狀況可謂絕佳的旅行天氣，以加入演藝研究社為目標的十七名成員為了搭巴士前往真理愛安排的集宿場地，都在離學校最近的車站前集合了。

聚集而來的新生臉上都還看得出緊張。同年級之間對話也就罷了，一看到我們這些高年級學生，他們就會突然挺直背脊。

這是當然。之前用那麼壓迫的態度進行面試，他們都在害怕吧。

玲菜一手拿著成員表確認出席狀態，還向真理愛低聲說了些什麼，然後就把手上的成疊紙張交出去。

「好的，看來所有人都到齊了，請先來這裡集合。」

表情僵硬的新生們回應真理愛的呼喚，紛紛聚集過來。

當中也包括碧與陸。感覺每個人都在戒備，想著這次會有什麼樣的課題。

「各位同學，感謝你們今天聚集來參加演藝研究社的最終入社審查集宿。」

不愧是真理愛，才一句話就讓人綳緊神經。

新生們更加注意姿勢端正，並且注目於真理愛的一舉手一投足。

「遲到者零。另外，萬一沒有特殊緣由而遲到，就會當場淘汰。我今天本來是打算讓那種人回去的。畢竟在拍攝影片之類的場合，有一個人晚到就會耽擱到所有人。沒辦法守時的人，就算被視為不懂得替人著想也是沒辦法的。從社團活動的角度來想或許會讓你們覺得嚴格，但這在生意界是天經地義，往後還請大家留心。」

「真的假的……」

眾人鼓譟起來。

然而看到真理愛準備講下一句話，他們就不約而同地噤聲了。

「虧你們能在我提醒前就安靜。注意並關心周遭，這同樣是與他人協調所需的關鍵能力。不愧是從兩百多位報名者留下來的菁英，令人佩服。」

面對真理愛的讚賞，沒有人感到放心。

因為所有人都察覺到了，接下來才是重頭戲。

真理愛將閉著嘴等她繼續說的新生們看了一圈。下屆社長的威嚴與風範果真厲害，新生們的緊張感進一步高漲。

就在這個瞬間——

真理愛露出天生為人所愛的偶像笑容。

「好的！壓力審查到此結束！接下來讓我們放輕鬆，一起享受集宿的活動吧！」

「「「「啥？？？？」」」」

新生們跟不上她切換的態度，都目瞪口呆。

這是群青同盟的成員事先商量好的，因此我們都賊賊地笑著看那些新生有什麼樣的反應。

「留在這裡的，是克服了我們準備的『三階段考驗』的十七個人。」

哲彥如此開口後，白草就補充：

「所謂『三階段考驗』，指的是『在等候室有沒有擺出奇怪的態度』、『接受壓力面試能不能展現拚勁』、『面試結束後是否能理解我們的真正用意，不在社群網站批評』這三項喔。」

「很抱歉在面試中壓迫大家。當時那種態度是故意要惹人厭的。」

聽黑羽道歉以後，新生們茫然歸茫然，好像還是會意過來了。可以看出嚴肅之色從他們臉上逐漸褪去。

「能不能看出壓力面試是故意的，還有會不會立刻上社群網站發牢騷，對你們來說這兩點或許會令人不快，但我認為這樣審查是有必要的。畢竟淘汰最多人的就是『社群網站相關』這一階段。」

白草這麼告知以後，現場同時傳出了「啊～～」的聲音，還聽得見有人嘀咕：所以那傢伙才會被刷掉啊。

哲彥所說的話恐怕不是針對選拔留下來在這裡的新生，而是要告訴被淘汰的那些新生。

「我們算是在WeTube活動的職業人士。記得告訴那些被刷掉的人，『你們在網路上發表的留言幾乎都被看在眼裡喔』。」

「關於『三階段考驗』的內容及真正用意，等集宿結束後，我們會在群青頻道上面公開。請大家先認清，情報要到那時候才算解禁。」

新生的態度各有不同。

有人一副「我就知道！」的調調，也有人沒發現而慶幸自己並未胡來。

碧與陸似乎是前者。對於熟知我們性格及手法的人來說，好像早就可以想到是這麼一回事。

如此一來，事情到了下週肯定就會在新生間傳開，不服自己為什麼會被刷掉而抱怨的那些傢伙也會冷靜吧。

所以嘍，嚴厲的學長姊演技到此結束。

「那麼各位同學，兩天一夜的集宿，讓我們一起同樂吧！」

真理愛可愛地舉起手喊了：「噢～～」

新生們還跟不上變化，只有幾個人七零八落地微微應聲：「噢～～」

大家就這麼搭上寫著「穗積野高中演藝研究社一行人」的巴士。

＊

巴士由高年級占了後面兩排的座位，新生則是從那裡空出幾排，全都坐在前方。形式上高年級可從後面看見新生的對話及舉動。

即使說內幕已經揭開，之前威嚇得那麼厲害，起初新生之間還是瀰漫著戒心。然而等窗外景色的綠意變多時，巴士內也就吵鬧起來了。

我朝坐在旁邊的真理愛問道：

「話說，這種活動不是需要擔任顧問的老師同行嗎？」

「反正顧問本來就是掛名的，人家送了旅行禮券收買老師，因此沒問題喔。」

「不要拿錢堵老師的嘴還這麼自然好嗎！聽起來全是問題耶！」

受不了，真理愛與哲彥為求自己方便就會毫不保留地行使能力，這點很可怕。

「請放心，末晴哥哥。人家也請老師簽下發生狀況時會負起責任的承諾書了♡」

「真理愛當社長不會有問題嗎……」

我抱著腦袋。

而真理愛摸了摸我的頭。

「末晴哥哥想太多了喔。人家自認經營得比哲彥學長更合法。」

「也對……聽妳一說，是比哲彥像樣……」

好厲害……光是拿出哲彥的名字當比較對象，我就覺得正常多了……

即使真理愛多少有靠錢與權勢的霸道之處，也不會像哲彥那樣跟常識脫軌……雖然偶爾還是會有，不過這部分比哲彥像樣應該不會錯。

「重要的是，桃坂學妹？」

白草從後面的座位探出頭來。

「這樣的座位順序，有什麼意義嗎？」

「何必這麼問呢……有哪裡奇怪嗎？」

「我是指小末旁邊的位子從最初就決定分給妳這一點耶。」

「對對對。」

坐在白草旁邊的黑羽也起身指責。

「我還看見妳若無其事地摸了小晴的頭！」

「兩位學姊。」

面對從背後瞪過來的黑羽跟白草，真理愛緩緩告訴她們：

「人家是下屆社長，這場集宿活動幾乎都是人家張羅的。決定座位怎麼分配，當然也是人家的權利。」

「哦～～妳不否認自己搶了小晴旁邊的位子啊……」

「不過正因為如此，妳更應該公平——」

「再說人家跟各位的年級不同，比方學校辦教育旅行，人家就沒辦法跟末晴哥哥一起去。既然兩位學姊都很好心，想必會把哥哥旁邊的位子讓給人家……難道說，妳們為這點小事就要生氣嗎，不會吧不會吧……？」

「「唔——」」

她們三個一如往常地起了爭執，哲彥、玲菜已經進入忽視模式。我要是隨便亂講話又會落得被迫下跪的後果，因此也把心境切換成大佛模式，只等著時間經過。

不過仔細想想，今天有一點與往常不同。

沒錯，有希望加入社團的新生們在。

對他／她們來說，我們這種互動看起來似乎很刺激。

「好猛，原來群青頻道播過的那些，他們也能現場重現……」

「原來那並不是演技啊……」

「不過不過，她們的言詞比影片裡的還犀利，所以太狠的部分都剪掉了吧。現在看到的有魄力多了……」

「學姊們比在影片看到的還漂亮……真羨慕丸學長……」

「咦，會嗎？我反而覺得恐怖，從剛才胃就縮成了一團。」

「啊啊，好想被學姊們教訓……」

大概是感覺到尷尬吧。

「……………」

「…………」

黑羽跟白草紅著臉坐回座位。

或許這也在盤算之中，真理愛微微擺出勝利姿勢。

不行不行，妳那種舉動最好再低調一點喔——我一面心想一面望向旁邊。為了轉換氣氛，我打算找哲彥搭話，就發現哲彥格外專注地摸著手機。

「喂，哲彥，你是在玩手機遊戲嗎？」

「嗯？沒啦，我有點事要忙。」

「……有點事？你用這種說法，聽了只有不好的預感耶。」
「哎，只能先告訴你，我是在準備驚喜。」
「不好的預感更強了喔。」
「是嗎？我想你的預感不會錯，『做好心理準備吧』。」
「……喂。」
聳動的發言讓我展開追問，哲彥卻沒有再多透露什麼情報。

＊

「哦～～不錯嘛！」
從巴士下來以後，看見的是山、集宿場地與運動場三個地方。
我的興致全來了，就找從巴士放行李的地方取回旅行包的黑羽搭話。
「小黑，我們小學時有來過這種地方吧！」
「我在家裡查過，這裡好像原本是少年自然之家。」
「原本是什麼意思？少年自然之家會倒閉嗎？」
飯店也就罷了，少年自然之家都是市或縣政府在經營，我以為不會有倒閉的情況。

「少子化導致少年自然之家必須合併或廢止，結果這裡賣給了民間人士，就像這樣改成集宿場地來經營了。」

「以結論而言，有什麼改變嗎？」

「誰曉得呢？既然不是公家機關營運，有可能會放寬規定或者服務變好吧？」

「原來如此。」

當我嘟噥時，黑羽悄悄把耳朵湊過來。

「欸，小晴，晚上，我們兩個要不要溜出去一下？」

「咦！」

少年自然之家；滿天星斗；偷偷溜出去能見到的是——身上帶著一絲熱氣的黑羽。

剛洗完澡的身體吹起夜風正舒適，懷舊感與鄉間的田野情調讓心跳自然加快——

（糟糕了糟糕了……）

才聽一句話就讓我啟程展開妄想之旅。

說到少年自然之家，我第一次去是在小學五年級時，碰巧身邊的朋友也開始對戀愛有所體會，就放了某種特殊的感情在裡面。應該說，那是我初次跟朋友聚在一起討論「欸，你有喜歡的人嗎？」的原點……

「怎麼了嗎，小晴？」

「啊，沒事，不好意思，我想起了一點回憶。」

黑羽踮腳挺身，靠到呼氣能觸及耳朵的距離。

「……不行嗎？」

糟了啦——！剛才那句我招架不住……！

這已經帶來愉悅感了。應該用ＡＳＭＲ來形容嗎……雖然很小聲，卻有種耳朵深處被她撓癢癢的感覺，我全身都起了雞皮疙瘩。

「呃，小黑……」

「好嘛好嘛，你答應我啦……或者說，你還想聽剛才那種聲音……？」

唔，被她看穿了……！

臉好燙。我的臉恐怕已經變得紅通通了吧。

我的反應似乎正符合她的期待。

黑羽露出小惡魔的尾巴，賊賊地笑著。

「小黑，我——」

我被黑羽那樣的舉動誘惑，一瞬間打算開口。

「嘿！」

行李箱飛過半空。

漂亮地命中黑羽的屁股。

「好痛！」

砸中的是屁股，因此看起來幾乎沒有傷害，不過問題顯然是對話受到了干擾。

犯人則是一臉若無其事的白草。

「哎呀，志田同學，對不起。因為妳擋在路中間，不小心就撞到了。」

「我哪有擋在路中間啊！周圍明明多的是空位！」

黑羽的指正完全沒錯。我們站在停進停車場的巴士旁邊講話，但是對領完行李的人並沒有造成妨礙。

「再說，妳剛才說了『嘿』吧！『嘿』是什麼意思！」

「妳有幻聽症狀呢。」

「哦～～是喔～～妳不肯認帳啊。話說可知同學，妳最近好像變回前陣子那樣了，或者應該說，我們衝突的次數是不是比某一段時期還多？」

「我倒沒有那種意思，反正——」

白草一下子側眼朝我看過來，然後臉紅了。

「我已經向小末告白……現在跟之前不一樣，我有權利干擾妳追求他的動作……或者說，因為立場對等，我就不用對妳客氣了……」

黑羽蹙起眉頭，臉色一沉。

「啊～～這樣喔……可知同學，妳屬於找到理由正當化自己的行為，就會突然變大膽的那一型……」

「想到自己可以多接近小末，我總覺得突然有了活力……」

白草放開行李箱，大幅拉近跟我之間的距離，稍有動作似乎就會碰到肩膀。

「欸，小末，洗完澡後，我們去看星星吧？自然環境這麼豐富，夜空看起來肯定會很美。」

「好、好啊……」

跟在耳邊細語的黑羽呈對比，白草直截了當地告訴我。

呼氣造成的酥麻快感固然驚人，不過突然用這種令人揪心的大膽態度，同樣也足以讓我產生動搖。

「——兩位。」

喝斥般的響亮聲音。

回頭望去，雙手扠腰的真理愛氣勢洶洶地站著。

「妳們是不是忘了這次的目的？這次的集宿終究是『演藝研究社為了選拔新社員而舉行的最終測驗』。身為學姊，最好節制有失威嚴的行為喔。」

「「「唔——」」」

她說得太有道理，吭不出半句話的我們只能悶哼。

「人家在巴士上會先占走末晴哥哥旁邊的座位，其實也是顧慮到這方面。」

「等一下，桃坂學妹？妳要用這正當化自己的做法，我可不能當成沒聽見喔。」

「對呀！小桃學妹，妳還不是一直黏著小晴！」

「……受不了，這就是『別人的都比較好』的心理呢。」

真理愛無奈似的嘆了氣。

「人家確實摸了末晴哥哥的頭。不過請妳們回想看看，人家那樣的舉動是為了敷衍帶過不太方便回答的問題，絕不是在賣弄風情。兩位目睹過現場更能理解才對吧？」

「唔——」

「的確——」

「對我來說，『那樣的舉動是為了敷衍帶過不太方便回答的問題』還比較令人在意。」

我一吐槽，黑羽跟白草就面如厲鬼地瞪過來了。

「小晴你安靜！」

「小末你安靜！」

「啊，好的，對不起……」

我失落地抽身以後，真理愛就用冷酷的口氣說道：

「黑羽學姊，白草學姊，人家已經看慣妳們兩位的舉動也就罷了，但換成新生會覺得太刺激了一點。這次集宿跟壓力面試不一樣，並沒有打算要威嚇新生，即使如此仍需要妳們拿出『身為學姊不至於蒙羞的態度』。能不能請妳們在這方面有所自覺呢？」

環顧周圍，對上目光的新生們都急忙把視線轉開。

冷靜想想就覺得理所當然，我們似乎一直滿受到新生的注目。

（場、場面尷尬了……）

這就像真理愛剛才說的，身為學長姊會拿不出威嚴。

「小黑，小白，妳們在這次集宿中就節制一點吧……」

「也、也對……」

「沒辦法嘍……」

雙方達成共識後，現場就此解散，我從巴士上領回了行李，然後走向自己在集宿場地被分配到的房間。

＊

（真是的，兩位學姊都變得好大膽……連一刻都不能鬆懈呢……）

我望著黑羽學姊跟白草學姊走向集宿場地的背影，這麼心想。

（她們倆都向末晴哥哥告白過了……可以理解那會成為她們採取大膽行動的原動力——尤其是白草學姊！跟前陣子還沒告白時的落差未免太大了……！）

手無意識地使勁。

忽然有聲音從背後叫了我。

「啊，桃坂學姊！這是學姊的行李對不對！因為我最後一個下車，就順便幫忙拿過來——」

特徵在於飛機頭的學弟將我的包包遞過來。

我帶著笑容說道：

「感謝。」

「咿！」

為什麼這位飛機頭先生會嚇得臉都歪了呢？

真是無法理解呢……

「怎麼了嗎？難道你看見幽靈了？」

「不是的！沒事！那麼，行李已經平安交到學姊手上！我間島陸要過去集宿的場地了！」

飛機頭先生莫名其妙地對我做了陸軍式的敬禮，然後跑步離去。

我大大地嘆了口氣。

（……肯定是我自認擺出了笑容，卻笑得不夠完美，就變成嚇人的臉孔……）

我身為這次集宿的企劃者，便回到巴士內，開始檢查有沒有人忘記東西。

（現在我嚴重落後於黑羽學姊和白草學姊……她們兩位。不過就算我急著告白，也會淪為冷飯三度重炒，必須有超越她們兩位的設計或震撼力。）

我告訴司機並沒有人忘記東西。

在我致謝下車後，巴士就從停車場駛離了。

（要怎麼告白——「那畫面我已經描繪出來了，可是要安排並不容易」。現在只能設法支持住。至少在這次集宿中，我要一直動用下屆社長的權限來牽制，以便撐過去。）

我抓住了行李箱的握柄。

「呵呵，妳們也只有趁現在才能得意了——黑羽學姊、白草學姊。這次集宿是人家達成美妙告白的一步棋，之後妳們就要哭喪著臉了……」

呵呵，呵呵呵……我笑著開始朝集宿的場地走去。

＊

「果然有種懷舊感耶～～」

左右各擺了雙層床而已的樸素房間。新生是四個人住一間房，但我是高年級，這個房間就歸我跟哲彥兩個人使用。

從窗口可以看見運動場。小學時來少年自然之家那次還點過營火，但這次沒有準備營火晚會，就沒看見柴薪。

「末晴，你想睡哪一邊？」

「就右邊吧。」

「ＯＫ。」

晚來的哲彥把行李扔上左邊床鋪。

「下一個行程是什麼？」

「大地遊戲。」

「對喔，差點忘了……在那之前，我們還要負責抬午餐嘛。」

「哎～～男的就我們而已，這也沒辦法，不過還是希望找個有力氣的學弟幫忙。」

在我腦海裡頓時浮現了條件吻合的學弟。

「哲彥，你對陸的評價怎樣？」

「阿陸嘛……」

「你叫得這麼親暱，卻擺那種臉色是怎樣？」

哎，哲彥是個連初次見到超級偶像虹內．雀思緹．雛菊都敢直呼「小雛」的強者，所以叫學弟裝熟也就罷了，但臉色五味雜陳這一點顯得意味不明。

「嗯，我對他評價算相當高啊。在這次新生當中，小碧名次排最前面的話，阿陸會分到僅次於她的那一群。」

「評價低一截的理由是？」

「那傢伙性格上有會衝動向朱音告白的隱憂吧？」

「……也對。」

「之後要看阿陸在相關方面能不能控制好自己，就這樣。」

「意思是看他聽不聽我們說的話，還有跟同年級男女生用什麼態度相處……沒問題就可以錄取嘍？」

「要說的話，這批新生都可以給一樣的評價啦。今天的活動就是要把這部分看個清楚。」

「……以你而言還真是中肯耶。」

在活動中一邊聊天一邊認識對方。

單純、中肯且正常的做法。

然而——我認識的哲彥才不會用這一套。

「……嗯?今天的活動?」

我驀地想起了哲彥的用詞,因而覺得有鬼。

今天的行程幾乎都在玩,明天則會租用少年自然之家的會議室,舉辦一場有關攝影及演技的研討會。

「明天,你該不會有什麼安排吧……?」

「誰知道。」

哲彥輕拍我的肩膀,然後從旁經過。

這傢伙絕對在打壞主意……我不得不這麼想。

*

我們玩的大地遊戲是要在山上的自然環境中結伴健行,並且在途中的檢驗站一邊解題目一邊增進感情,以少年少女的團康活動來說算是經典項目。

不過,我們並不是因為學校行事才來的,就沒有分組別。身為高中生既不會有什麼迷路的狀況,也沒有彼此競爭。因此,這場大地遊戲只是帶著所有人悠閒地朝檢驗站走去。

要說到其中一項規定，就是高年級生不能都聚在一起。

舉例而言，我跟哲彥在講話，這樣新生想加進來聊天會很不方便吧。

高年級生要打散，並且各自找三～五個人邊講話邊走，不時交換交談的成員。那樣一來，我們就能認識更多新生，進而作為最終審查的參考——真理愛想出的點子便是如此。

「學長，我們旁邊都沒有人敢靠近耶。」

「問題出在你身上啦！」

我就在想陸這傢伙搭巴士時也都沒伴聊天而顯得格格不入……看來他一路到這裡連半個朋友都沒認識。

以學弟而言很讓我滿意，但是從「入社最終審查」來看，這樣就相當不妙。

我們以外的成員都各自跟高年級生組成了小團體，在樹蔭下緩步於山路。

離我們最近的是以白草為中心的小團體。

「就是說啊！白草學姊長得超漂亮，還是位小說家！只是因為外表酷酷的，會讓人覺得好像很難搭話……我之前就是這麼想，可是學姊其實非常和善！我讀國文與英文如果沒有聽白草學姊的建議，絕對考不上穗積野高中！」

「哎喲，小碧，妳誇得太過頭了。我只是給了身為學姊該有的建議。」

「不不不，學姊不用謙虛喔～～我真的很尊敬妳！」

「真不好意思……」

白草紅了臉，有個矮矮的新生就舉起手。

「那、那個，可知學姊！我能不能發問呢！」

「妳想問什麼呢？」

「可知學姊的那套衣服，是在哪裡買的！」

「啊，我也想問那個！看起來輕便好活動，但又能烘托出學姊的腿有多長，很漂亮呢！」

以聊天能力來說，高年級生當中最讓人不安的是白草。

不過幸好她跟碧關係親密。碧有話直說的調調中和了白草難以親近的氣息，將氣氛帶動得不錯。

（對了……只要有碧的助力……）

我只跟陸聊天也是可以，但這樣對彼此都不好。現在需要找個幫手。

「喂，碧！」

碧頭上帶著問號轉過身，我便向她招手。

「妳來這邊！」

「哇，丸學長親自點名！」

「不曉得有什麼事！」

「我和那傢伙就跟家人差不多，不是妳們想的那樣啦。」

周圍的女生嚷嚷起來，但是碧的意見沒有錯。

我用眼神向白草道了歉，因為之前都是碧在白草身邊幫忙主導話題。

白草注意到我旁邊只有陸，似乎就領會了我的用意。她帶著笑容微微搖頭，彷彿在說：「不用在意喔。」

碧一邊搔著後腦杓一邊接近過來。

留短髮的活潑外表充滿了潔淨感，服裝選的還是運動緊身褲配上熱褲，重視運動性而非刻意打扮。可是自然而然就能看出她的好身材，顯得有模有樣。

因此新生當中的男同學也屢屢偷瞄碧，不過都讓她偶爾像這樣露出的粗魯舉動糟蹋掉了。

「受不了，有什麼事啦，末晴……不對，丸學長。」

「啊～～聽妳叫丸學長會讓我冒出寒意，改回末晴就好。反正大家應該都知道妳是小黑的妹妹。」

「別跟我說什麼寒意。你跟黑羽姊都不惜對我用壓力面試那一套，我才會配合你們耶。」

「……不然我也叫妳碧學妹或小碧？」

「唔哇，好噁心！你害我都起雞皮疙瘩了！」

「就算做表面工夫也好，你對學長要多尊重一點啦！」

這女的好沒禮貌……

呃，所以說現在才要仰賴她吧。

「碧，大概是因為陸在這裡，都沒有人敢靠近我們。」

「奇怪，間島你在我們班不是交到朋友了嗎？怎麼會搞成這樣？」

「我的死黨大多討厭高調，他們都跑去動畫研究社了啦。」

喬治學長待過的社團啊……那些學弟現在有可能都被拉進「大哥哥公會」了……

「妳想嘛，都是因為丸學長他們來探望，我在班上才不至於人見人怕。然後，我們班上留到這一階段的人就只有妳跟我，所以我的戰況有點艱困。」

「剪掉你那顆飛機頭啦。」

「我跟末晴有同感。」

「就說這是我的信條，辦不到嘛。」

「不然，我先幫你爆料這件事吧。」

我故意用連其他小團體都能聽見的大音量。

「這傢伙留著飛機頭，是受了漫畫的影響啦～～！」

在只有草木窸窣聲與各個小團體講話聲的現場，我的聲音顯得格外嘹亮。

「欸，丸學長！」

「有什麼關係。這沒什麼好隱瞞的啊。」

「是沒錯啦，不過突然講出來我還是會慌。」

大地遊戲參加者幾乎都在看得見的位置，因此所有人都聽見我的聲音了吧。還有人停下來回過頭。

「你原本就有御宅族的氣質，還受到父親推薦的不良少年漫畫影響對吧？那部漫畫叫什麼來著？」

「特攻隊長陸！因為主角跟我同名，投入的感情不是普通地深厚！」

「咦！我也超喜歡的耶，那部漫畫！」

哦，哲彥那邊有一個新生上鉤了。

「那你覺得關東復仇者怎麼樣？最近提到不良少年漫畫就是那部吧？」

這次換黑羽那邊有個女生過來了。

陸本身長得一副凶臉，但他並不會害怕女性，因此舉止很正常。

「關復也很有趣啊～假如我先看關復，肯定就在耳朵上面刺青了。」

「那樣你就進不了我們學校了吧！」

「呃，可是關復也有飛機頭角色，這種髮型果然還是挺帥吧，你們不覺得嗎？」

「我覺得很適合你啦，換成我就絕對不搭調。」

「啊～～的確呢～～」

女同學看了男同學的頭嘟噥。

男同學理了「ＴＨＥ正經八百」的鍋蓋頭，怎麼看都不適合留飛機頭，所以我也跟那個女同學有同感。

「像女生綁雙馬尾要綁得可愛，難度也不低吧？感覺跟那一樣。」

聽了正經男同學說的話，我點了頭表示同意。

聽見雙馬尾，我想到的人是蒼依。

蒼依綁雙馬尾相當合適。不過仔細想想，那種髮型要保持長度應該很費事，髮質得有光澤，長相還必須留有稚氣，而且舉止最好可愛……思考到這裡，難度確實不低。

「嗯，綁雙馬尾對碧來說就太勉強。」

「啥？你剛才說了什麼，末晴？」

我說的話似乎讓碧覺得不中聽，但還是趁現在把事實明確告訴她吧。

「妳想嘛，要妳把打扮或髮型改成像小蒼那樣，各方面都會很勉強，或者該說有極限在。」

「或、或許是那樣沒錯啦，但你也不用急著否定啊。」

「啊～～哦～～是喔……」

我抿嘴一笑。

於是，碧似乎有了不好的預感而後退。

「怎樣啦，你那是什麼回應？」

「我想在這裡的人都看過群青頻道的影片啦，我們玩遊戲輸掉的處罰還滿狠的喔……像我被迫穿女裝只能算小意思，小黑、小白、小桃都被迫穿過挑戰尺度的服裝，妳應該知道吧……？」

碧警覺地抬起臉。

「末晴，你這傢伙該不會——！」

「我會先跟哲彥指定，要他準備好鑲滿輕盈荷葉邊的雙馬尾魔法少女服裝。假如妳合格了——就要先做好覺悟。」

「你、你這色胚！」

「叫我色胚……敢頂撞學長還真有膽子。那就再多加一套兔女郎裝。」

「唔……！呃，不過只要我玩遊戲贏了，到時候要穿那些服裝的人就是你吧，末晴？」

「呵。」

我把手湊到額前，擺出了姿勢。

「妳以為能威脅到我嗎，碧……那種程度的覺悟——我早就有了！」

我會怕穿兔女郎裝？

哈，我可是在眾人注目下跟哲彥接吻過，還曾經成為談話節目題材的男人耶。為了讓可愛的女生……哎，雖然我把碧當成弟弟……只要能讓身材出色的女生穿上兔女郎裝，風險我根本不放在眼裡！

陸一臉乏力地嘀咕：

「學長……抱歉在你耍帥時打擾，但你這樣只是完全失去了自尊心嘛。聽了我都替你感到難過。」

「加入我們就會變成這樣……大家要先記得喔……」

「唔哇～～感覺像知道了不該知道的事～～」

陸的吐槽讓剛才湊過來的男同學與女同學笑了出來。

太好了。看這種氣氛，應該可以說陸已經被接納了吧。

「啊，對了，未晴。明天的研討會是要做什麼？」

碧換了個話題。

其他新生似乎也有興趣，都跟著亮起眼睛。

「嗯？啊，我想明天小桃會說明細節就是了，預定要分成演出組與攝影組，讓你們實際體驗群青頻道從事的活動。」

「哦～～滿有趣的嘛。」

「咦，難道我們可以上群青頻道演出嗎！」

陸的嗓門變大。

容易理解的傢伙。他應該是覺得興奮吧。

聽到演出這個字眼，其他新生各自表現出期待與不安的反應。

我趕緊否定。

「啊，沒有，我們不會在群青頻道上公開啦。畢竟露臉有風險。會出現在公開影片的只有成為群青同盟成員，也答應露臉的人。實際上，玲菜在影片裡只有出現聲音，都沒露臉吧？那並不是因為她屬於準班底，單純是她說不想露臉，然後我們就尊重了她這樣的意願。」

「啊～～這樣喔。說來也是～～」

「一瞬間我還以為自己會在群青頻道登場演出，忍不住嚇了一跳～～！」

「就是啊！」

新生給的反應實在不錯，我也就跟著饒舌起來。

「不知道攝影組要忙些什麼，畢竟我是演出組的副手。小桃跟我一起準備了以話劇為基礎的演技訓練單，大家請期待喔～～我們會好好訓練你們～～」

「棒耶！可以讓丸學長跟桃坂學姊指導演技嗎！」

「好像會有自己在演連續劇的感覺耶！」

「唔……好想數落得意忘形的末晴，可是這傢伙單看演技是真的很猛……我無法數落……」

碧一臉不甘心，我就輕輕把手擺到她的肩膀上。

「我會示範給妳看的，多多努力吧，碧學妹？」

「可惡！你別用那種噁心的語氣啦！」

「呃，可是能近距離見識丸學長的演技，滿令人感動耶。」

陸感慨地嘀咕，其他新生也跟著點頭。

「的確……能近距離見識學長在電視上展露的演技，說來真不可思議……」

「我非常喜歡學長在廣告比賽的演技呢……！超期待明天的！」

我們這些高年級生與新生的對話就像這樣，都聊得相當開懷。當我們一面交換聊天的成員一面完成大地遊戲以後，不知不覺就認識各個新生的性格了。

＊

晚上大家一起煮咖哩。這也可說是集宿活動的經典吧。

我們群青同盟的高年級成員在野炊場地集合之際，特別把碧一個人叫了出來。

「碧，有密令要指派給妳。」

「……什麼啦，末晴？」

「麻煩妳——把小黑擋下來。」

碧警醒地睜大眼睛。

黑羽立刻想逃，卻被白草與真理愛從左右包夾。

「我明白了，末晴。」

「抱歉，碧。我知道妳懂得下廚。畢竟我們這些高年級生有職責，要到處照看其他新生——小黑就託付給妳了。」

「了解。」

趁黑羽被白草與真理愛圍著不能動，碧就從背後把她架住。

「喂！碧！妳放手啦！」

「之後就交給我吧，各位……我絕不會讓姊姊插手做飯的……」

「拜託妳嘍，小碧。」

「真的要拜託妳了喔。人家每次看到黑羽學姊提到的材料名稱，內心都會被震撼得蒙上陰影，因此要是也能捂住她的嘴巴就太感謝了。」

「遵命。」

「唔唔唔！」

碧捂住了黑羽的嘴巴。

——然而，黑羽似乎無意容忍那麼多，就掙脫了對嘴巴的束縛。

「什麼嘛～～！我想做菜招待學弟妹，還準備了福神漬帶來耶～～！」

「！」

她說……什麼？剛才，我好像聽見黑羽脫口說出了驚悚的字眼……

猛一看旁邊——原來如此，在黑羽腳邊擱著一個看了不太有印象的超市塑膠袋，袋裡顯然不是裝今天晚餐的材料。

哲彥擦掉額頭的汗水，然後嘀咕：

「末晴，你打開來看看。」

「……好。」

我懷著摸索炸彈引爆裝置的心境，打開了黑羽帶來的塑膠袋。

於是——

「唔！」

我全身都冒出了排斥反應，當場趴到地上。

視覺、嗅覺、觸覺，來自全方位的打擊讓我全身抽搐。

「小末！」

「末晴哥哥！」

白草與真理愛趕來我身邊。

我上氣不接下氣地告訴大家：

「所有人小心……裡面裝的東西……是綠色的……」

「怎麼會──」

「福神漬應該是紅色啊──」

「──而且……」

我從喉嚨深處擠出了聲音。

「那東西還莫名其妙地蠕動著……」

「呀啊～～！」

真理愛發出尖叫。

白草臉色蒼白地瞇起眼睛。

「多麼駭人……」

看似不服氣的黑羽仍被碧架著，噘起了嘴巴。

「沒禮貌！綠色是我考量到大家的健康，加了麥草汁才會那樣啊！還有蠕動的東西是我考量到新鮮度──」

「碧！堵住小黑的嘴巴！再說就要出人命了！」

「收到！」

碧連忙堵住黑羽的嘴。

相較於黑羽，碧的體格壯很多，臂力也強。

太好了，我或哲彥做一樣的事會被當成性騷擾，靠白草或真理愛或許擋不住她。

「那東西，要怎麼處理啊……？」

白草看向裝著謎樣物體X的塑膠袋，板起臉孔。

哲彥難得露出過意不去的表情說：

「不好意思，玲菜，能不能請妳拿去焚化爐丟掉？」

「……既然是阿哲學長拜託的，沒辦法嘍。」

「這個讓妳帶去。」

哲彥扔了耳機給她。

「東西放進焚化爐之際，記得調高音量。聽見奇怪的聲音有可能會對妳造成精神創傷。」

我、真理愛與白草各自點頭附和。

「很重要的措施。」

「危險性應該視同毒茄蔘呢。」

「人家有同感。黑羽學姊做的菜最好不要用地球的標準來考量。」

「你們好過分～～！」

黑羽吐露不滿，所有人就逼近到她面前。

「「「誰才過分啊！」」」

受到全體成員施壓，黑羽就安分了（然而她一直顯得不滿），晚餐的味道則是除了黑羽之外都會滿意。

＊

吃完晚餐，時間到了夜晚。

拿行程表一看，接下來是自由時間，只規定要在晚上九點前洗澡。

然而——接下來可說是今天的重頭戲。

我確認過周圍都沒有人，來到了位置偏僻的出租教室。

輕敲兩次門，裡面便傳來哲彥的聲音。

「口令，大、中、小。」

「罩杯還是胸圍？」

「罩杯。」

「小黑、小白、小桃。」

「──好，進來。」

門迅速打開來。

裡面已經有全體男新生就座，都守候著我們葫蘆裡賣什麼藥。

我移動到站在黑板前的哲彥旁邊。

「末晴，志田她們狀況怎樣？」

「我確認過她們準備去洗澡了。只是──」

「怎樣？」

「對於都不見男生蹤影，好像只有小黑感到有些不對勁。我是有隨口敷衍過去了……」

「該說不愧是志田嗎……只好一舉決勝負了。」

哲彥手撐著講桌，身子向前傾高呼：

「被選上的精銳們啊，來得好！從現在起，我們將開始執行『湯煙大作戰』！」

「阿哲學長，換句話說就是要去偷窺女澡堂嗎？」

陸提出的問題被哲彥殺氣騰騰地撇清了。

「你這混蛋！我們追求的是『美』！正如名畫當中有不少裸婦畫，我們則是美的追求者──大家能了解那有多崇高嗎？可以吧？無法了解的傢伙就不會出現在這裡吧？你們說對不對？」

「「「「噢噢噢噢噢噢噢噢噢噢噢！」」」」

不愧是哲彥，居然煽動了男新生們的情緒。

哲彥揚起嘴角，用磁鐵把集宿場地的地圖貼到黑板上。

「這個集宿場地的賣點在於有溫泉湧出。雖然屋裡的洗浴設備一應俱全，但會想泡戶外的溫泉是人之常情……別錯過這個機會，讓我們把事情搞定。」

聽得見有人嚥口水的聲音。

「志田學姊的裸體嗎……她有那副稚氣的外表，還長了那麼凶猛的胸器……唔唔，我心動得好有罪惡感……！」

「白痴！可知學姊才是最棒的啦！在雜誌寫真上看過可知學姊……豐滿的身體……」

「最扯的是桃坂學姊吧？她原本是出現在電視上的人耶……我也看過她主演的連續劇……唔喔喔喔喔喔喔！」

「哼，全是小鬼頭。自封賞胸大師的我只推淺黃學姊！那可以當國寶了……！」

「我會挑同樣是新生的碧同學吧……她過去有在運動，每個地方看起來都又翹又挺……！」

教室裡籠罩著慾火中燒的氣場。

每個人眼裡都藏著一把火。

「甲斐學長！請告訴我們！」

「我們該做什麼才好！」

「──各位，讓我發表作戰內容吧。」

哲彥賊賊一笑，新生們就用力點頭。

當中有個學弟開口了。

「呃～阿哲學長的企畫絕對有暗中下毒，我是覺得最好別參加啦……」

陸這麼嘀咕，然而垂在眼前的誘餌太有吸引力，沒半個人表示贊同。

*

浴盆發出了「撲鼕」聲響，水聲隨即被輝亮的星空吸收。

告示上寫到略帶黏稠度的熱水能讓肌膚增加光澤，黑羽等人正一面享受其功效，一面清洗身體。

「好厲害喔～～！光是用熱水沖一沖，就變得有光澤了耶！」

黑羽發出欣喜的聲音，旁邊的真理愛便哼了一聲。

「人家在挑選集宿場地時，最優先考慮的就是澡池品質，因此這是當然的嘍！」

「桃仔滿喜歡洗澡的喲。」

「嗯，如果拍戲場地附近有溫泉，人家會順便捧場啦——」

說到這裡，真理愛把話打住了。

在她的視線前方，有玲菜豐滿的胸脯。雖然泡沫遮掉了許多部分，分量感以及魄力還是掩飾不盡。

「不愧是玲菜同學……之前穿著衣服就能充分發揮破壞力了，沒想到束具一解開，竟然如此壯觀……」

「束、束具是什麼意思……這沒有多了不起喲，桃仔。被男生用怪異眼光看了多少，就吃多少虧喲。假如我長得像媽媽一樣漂亮，或許還有挽救的餘地。」

「玲菜同學的媽媽是從事什麼行業呢？」

聽了真理愛的問題，玲菜輕輕搔了搔臉頰。

「時間很短暫就是了……她有當過偶像。」

「啊，原來如此。淺黃學妹，難怪妳長得可愛。」

在黑羽旁邊洗頭髮的白草有所共鳴。

「咦～～她的藝名是什麼？」

「這個嘛……算是我的祕密。」

「拜託妳告訴人家嘛～～」

「桃仔～～搔癢是犯規的喲～～」

在嬉戲的真理愛與玲菜旁邊，黑羽嘀咕了一句：

「難道說，聖誕節那次的表演——」

玲菜要打斷似的說道：

「重要的是志田學姊，妳不會覺得肩膀痠嗎？我就滿容易痠的，我在想從身材來看，志田學姊該不會也跟我一樣吧～～？」

黑羽把手湊到肩胛骨。

「嗯，其實從我不打羽毛球以後，血液循環好像就變差了～～肩膀比以前更容易痠痛～～」

真理愛猛然睜大眼睛。

黑羽不假思索地用海綿滑過胸部底下的空隙，真理愛的胸部底下卻根本沒有空隙——現實的無情讓真理愛垂頭喪氣。

「以我的情況來說，掌鏡時間久的日子，肩膀受到的傷害就會滿慘重……」

「希望在新生當中能找到可以支援的學弟妹加入……可知學姊，妳會有身體狀況欠佳的時候嗎？」

話題拋來，白草沖掉了護髮乳，然後側眼看向黑羽跟玲菜。

「妳們是因為身高與胸部長得不均衡才容易肩膀痠痛，我可不會。不過基於職業特性，腰痛倒是我煩惱的來源。」

「長得——」

「不均衡——」

黑羽跟玲菜把手湊到胸部，並且目測自己跟白草的身高差距。

黑羽身高不滿一百五十公分，胸部卻算是大的那一邊。玲菜的身高與平均差不多，胸部尺寸卻遙勝於其他人。從這方面來說，四個人當中個子最高、胸部也大、腿又長的白草可說長得相當勻稱。

「就這層意義來說，桃坂學妹似乎最沒有負擔——」

白草視線望向真理愛全身。

「……呃，沒事。對不起。」

然後忍不住轉開了視線。

於是真理愛發火了。

「欸！剛才那是什麼意思！妳為什麼要道歉！白草學姊！針對這一點，能不能請妳說明一下呢！」

白草重新望向真理愛，眼神散發著哀愁。

「……太殘忍了，我說不出口。」

「妳、妳還說殘忍？」

黑羽溫柔地將手擺到真理愛的肩膀上。

「鎮定點，小桃學妹。不要緊的，畢竟世上有各種不同偏好的人存在……雖然我想小晴喜歡的並不是這樣就是了。」

「我最後也有聽到喔，黑羽學姊！先把話說清楚好了，只以胸部的尺寸為傲，價值觀實在太單一了！請看人家背部的身體曲線！」

真理愛站起身，把浴巾悄悄湊到胸前，然後轉過身。

「從腰部到臀部的這種曲線！怎麼樣！這種美感！人家是演員，並不會露骨地賣弄，但私底下可是有自信的喔！」

「……可知同學，妳能擺同樣的姿勢嗎？」

「咦？……可以是可以。」

受到黑羽催促，白草用浴巾遮著胸，然後轉過身。從緊緻的背部線條一直到穠纖合度的臀部還有曼妙長腿，在動作強調下形成婀娜柔美的弧度。

「小桃學妹，妳贏得過這個嗎？順帶一提，我也不太有信心能贏過這副身材……」

「唔唔，唔唔唔唔……」

「桃仔，還是別起無謂的爭執吧。」

「好厲害喔，白草學姊果然很美耶～～」
女新生走進露天浴池以後，從剛才便遠遠望著四個學姊的美，還偷偷互相耳語稱讚。
其中一個人——碧對白草的身材之美大為感動，就闖進了她們之間。
「學姊的腿這麼長，又很有腰身，同樣身為女性看了都會著迷～～跟我們家只有胸部和屁股大的姊姊差多了。」
「碧～～！」
「小碧還是一樣乖巧呢。要來這裡嗎？有人擺著一副恐怖的臉，我立刻要她讓開。」
「我才不讓！碧，妳去後面洗！」
「知道啦。」
碧坐到玲菜旁邊的空位，開始洗頭髮。
「唔，不愧是黑羽學姊的妹妹……除了身高，好多地方都一模一樣……」
真理愛挺身觀察碧的全身。
碧連忙遮住了身體。
「妳、妳看什麼啦！」
「小碧？人家是學姊……而且是下屆社長喔。講話用這種沒大沒小的語氣可不妥當耶。」
「唔……確、確實是這樣沒錯，但我對妳用不了敬語！之前有好幾次差點被妳利用……！」

「哦～～算了。反正調教像妳這樣頑固的女孩也是一種樂趣。」

「桃仔，妳最好注意用詞喲。調教這個詞讓小碧嚇壞了。」

當大家像這樣吵吵鬧鬧地邊講話邊洗澡時——

——磅！

有某種東西發出了撞擊聲。

待在露天澡池的所有人都轉眼看去，就發現有物體飛在半空，還因為撞到空中的「某種東西」而墜落了。

「……果然動用了無人機啊。」

真理愛嘀咕。

「露天浴池……這麼多女性成員……再加上擅長煽動人的哲彥學長，還有好色的末晴哥哥……人家就覺得他們會搞鬼，手段倒還滿經典的呢……」

「桃坂學妹……妳早就料到這些，還安排了對策……？」

白草感到驚訝，反觀黑羽跟玲菜就始終冷靜。

「我委託玲菜同學準備透明壓克力板，裝設在竹籬笆上面。既然早知道會有無人機飛來，就能大致預判飛行路線。於是結果正如妳們所見——受到那麼大的衝擊便不能再使用了吧。」

「不過，牽扯到小晴和哲彥同學的話，事情不可能這樣就結束耶～～」

「我還安排了滿滿的機關，真期待他們能對抗到什麼地步喲～～」

「恐怖！」

黑羽跟玲菜「呵呵呵」地發笑，碧則是瞇起了眼睛。

*

露天浴池搭建於山坡地。

問題是要從上面過去或從下面過去。從上面過去有岩盤，樹木也稀少，很容易就會被發現。

因此能選的自然是從底下混在樹木之間爬上去，最不費工夫的無人機卻被輕易擊落了。

這麼一來，手段剩下靠人力找尋露天浴池竹籬笆的縫隙，或者從上面跨越，然而要抵達竹籬笆就得爬上荒山野徑。

不過——

「嘖！好險！有挖來當陷阱的坑！」

「哇啊啊啊啊！岩石砸下來了～～！」

「好痛～～！甩過來的樹枝像鞭子一樣——！」

陷阱設置在絕妙地點，使得新生陸續脫隊。

身為急先鋒而獲命擔任登山隊隊長的我，朝著通話中的哲彥吼了出來。

「喂！這怎麼搞的！路上全是陷阱！」

『居然料到了我們這邊的手段……會不會是志田在掌舵？假如是真理愛察覺到的，表示她有所成長呢。』

另外，哲彥率領著監控組，人還留在集宿場地。即使任務成功，監控組也偷看不到什麼，因此並不算有好處的工作，自請留守的只有陸與哲彥兩個人。

「別說什麼成長啦！人數再減少，當墊腳台讓我們跨越籬笆的人手就不夠了！」

「唔啊啊啊啊啊啊啊！」

「你沒事吧，町田——！」

「丸學長……！之後就拜託你了……！」

陸續脫隊的夥伴們讓我擦了眼淚繼續前進。

考量到哲彥估測的竹籬笆高度，最起碼需要三個人當墊腳台——我身邊的新生只剩三個人，是否撤退的決斷迫在眉睫。

「丸學長，我們要撤退嗎……？」

戴眼鏡的悶騷男——設樂嘀咕。

我搖搖頭。

「來到這裡犧牲了許多人……為了不讓那些犧牲白費，我們要繼續前進，直到剩下最後一個人……」

「丸學長……！」

我與三名新生被感動的情緒圍繞著。

能像這樣加深情誼，舉辦集宿也就值得了。

『那個～～末晴哥哥……抱歉在感人的場面打斷你們，從這邊全都看得一清二楚喔……』

真理愛的聲音從林隙傳來。

我試著尋找聲音的所在，就發現有攝影機與麥克風藏在樹葉當中。

設樂舉拳捶地。

「可惡，怎麼會變成這樣……！」

「等一下！」

我停在原地思考。

「陷阱固然巧妙，還有裝設在絕佳位置的攝影機與麥克風……我懂了！」

走到這種地步，答案只有一個。

「哲彥～～～！你這傢伙居然搞背叛～～～！」

從手機另一頭傳來了「咯咯咯」的笑聲。

『哎呀～～其實我起初認真擬定了偷窺的計畫，卻被志田察覺了～～然後呢，真理愛就說想當成審查新生的參考，還拜託我實行。』

「唔，既然如此，你剛剛說的話都是為了欺騙我們——」

『沒錯。雖然我有講過「計畫被她們料中，失手了！」之類的話，但並不是那樣的。「從作戰內容到入侵路線，根本從一開始就全部露餡啦」。啊，還有動用無人機卻闖關失敗也是真理愛出的點子。』

「唔喔喔喔喔喔喔喔！居然玩弄男人的純情還當成笑柄～～！」

當懊惱過度的我抱頭掙扎時，手機另一端傳來了陸的聲音。

『哎～～所以我不就說了嗎？阿哲學長提的主意，怎麼想都一定有下毒。』

「可是桃花源就在那裡，我怎麼能不去嘛。」

『我不是不能理解學長的心情，可是會實際去做就爛透了啊。』

『我也贊成間島學弟的意見呢～～』

我打了冷顫。

裝設在山中的麥克風傳出了黑羽的聲音。

『小晴，你居然會想偷窺……必須教訓才行呢……』
『你太好色了，小末……居然想看我以外的女生裸體……』
『末晴哥哥？洗完澡有反省會議等著你，請別溜掉喔。』
『哎，我早就知道大大的為人是這樣了。』
『喂，末晴！你居然想偷看我……』
「等一下，碧！其他女生也就罷了，我根本沒打算偷看妳！」
我不會對自己想偷窺的心情說謊……但是……我始終把碧當成弟弟……
我願償還慾望造成的罪過，可是被冠上無中生有的罪名，我實在不能坐視。
『……………末晴，你死定了。』
聲音從麥克風戛然消失。
聽到今天最具殺氣的台詞，我便找旁邊存活的新生問道：
「我慘了嗎？」
「還能不慘嗎？」
「自尋死路級的慘。」
「你要有自覺啦，學長。」
我自認只是老實回話，但從客觀角度來看似乎並非如此。

「總之知道沒得看了，我們下山吧。」

「照剛才那樣看來，仇恨大概都集中在丸學長身上了～～不知道算不算救贖。」

「丸學長，明明有那麼漂亮的學姊們喜歡你，為什麼還要冒這種險啊？」

我看向滿月，露出遙望的眼神。

「畢竟在集宿時偷窺露天澡池不是很浪漫嗎——」

「啊，這個人真的沒藥救耶。」

「你察覺得好慢。我剛才聽他隨口講出桃花源的瞬間就明白這一點了。」

「這樣志田學姊她們不辛苦才怪。」

在我被新生們批評得狗血淋頭並下山後，洗完澡出來的黑羽她們正等著我。

不用說，我當然被迫長時間罰跪，還被她們狠狠教訓了一頓。

＊

從窗戶照進的陽光讓我醒了過來。

被迫一直罰跪，腳底板還被碧亂踩，讓我痛得死去活來的漫長夜晚宣告結束了。

「今天的行程是什麼來著……？」

看向行程表，上面有寫研討會。

「啊，差點忘了。為了向學弟妹展現優點，我要加把勁才行！」

我拍了拍臉頰替自己打氣。

看向對面的床鋪，哲彥不見蹤影了。

昨天慘遭算計，我本來還想拍下哲彥的睡臉拿來威脅，他卻依舊毫無破綻。

在餐廳吃過早飯後，我打著呵欠走向開研討會的空曠會議室。至於服裝方面，所有人都接到了換上輕便裝扮的指示，因此穿體育服的學生居多。

可是不知道為什麼，來到這裡還是獨缺哲彥的蹤影，看不見人。

「小桃，哲彥呢？」

這次集宿的所有事都由真理愛主導，要問的話找她最合適。

「預計再一陣子才會過來會合。」

「……難道說，那傢伙跑去別的地方了？」

「是的，他為了『接人』要離開一下。」

「……接下來要舉辦的並不是單純的研討會嗎？」

「活動有來賓啊。」

時間就在講東講西之間到了，包含高年級生與新生在內，除哲彥之外的人都已經集合於會議室。

「首先要請大家把椅子與桌子靠到房間邊緣。我們要練習演戲，因此希望有寬廣的空間。」

所有人聽真理愛的指示動了起來。

當我看著把桌子拖得嘎吱作響的新生被黑羽罵，不禁想起國中時期而感到懷念時，真理愛就拿起手機湊到耳邊。

「……好的，好的。時間剛剛好，請帶對方過來。」

通話對象……從對話內容聽起來是哲彥吧？意思是來賓到了嗎？

將桌椅靠邊以後，會議室裡空出了一大塊空間。

真理愛叫高年級生站在螢幕前，新生則坐到地板上等待。

「嗨，我把人帶來嘍。」

哲彥以跟帶朋友回家一樣的調調把門打開，然後讓一名少女進來。

看到來賓現身，除真理愛之外的所有人都倒抽一口氣。

「前輩～～！好久不見！我一直都很期待能跟你再次見面！」

金髮藍眼，有別於日本人的修長手腳與美貌被比喻為妖精，而足以讓觀者折服的丰采是她身為目前日本第一偶像的證明。

帶有春季情調的少女洋裝進一步烘托了她的嬌憐可愛。走在路上看見她，應該會停下腳步用

目光追尋。

她的來訪太出乎意料，讓我只叫得出名字。

「小雛……」

「是的！虹內・雀思緹・雛菊！因為想跟前輩一起玩，就來到這裡了！」

跟之前見面時無異的純真笑容。

登場的來賓太有來頭，新生們全都閉不上張開的嘴巴。

*

沉默以後，現場群情激昂。

頂尖偶像突然登場，讓新生興奮得站起身。接著他們趕到小雛身邊，把她圍住。

「好、好厲害，是本尊耶！」

「現場看到比電視上還可愛～～！」

「這樣沒問題嗎？頂尖偶像跑來這種地方！」

「我不覺得彼此同樣是人類……根本像妖精一樣嘛……」

「對了，她跟丸學長還有桃坂學姊比過演技啊！原來彼此有聯繫……！」

「群青同盟超強的！」

仍然坐著的新生只有陸。不過，既然那傢伙說自己忙著看動漫、玩電玩，沒空看電視，大概不認識小雛吧。就他一個人散發出「這誰啊？」的疑惑氣息，看起來有點逗。

現場這麼不受控制，正常是會叫所有人退回原位。不過亮相的是小雛也無可厚非，如此心想的我便不打算對新生發脾氣。

大家八成也是這麼想的吧。高年級生只是聳聳肩守候著狀況。

小雛似乎習慣被包圍了，或者那是天性，她依舊帶著純真無邪的笑容，元氣十足地回應：

「謝謝你們～～！」

我總算理解哲彥從昨天就格外注意手機，今天早上又不見人影的理由了。當然的嘛。既然要帶當紅頂尖偶像來現場，就算是哲彥也會多留心。

我用手肘頂了頂哲彥，低聲問道：

「喂，哲彥，虧你能帶小雛過來。」

「我不時會跟小雛聯絡啊。」

「說真的，你那跟怪物一樣的社交性是怎麼來的？」

「不過，聊的話題都圍繞著你跟真理愛就是了。」

「聊小桃也就罷了，還聊我？」

哲彥淡然無視我的疑問，繼續說道：

「這次能請她當來賓，也是多虧有真理愛幫忙。雖然說，最基本的構想是我提供的。」

「你難得會謙虛耶。」

「我是不知道你怎麼想，不過，我屬於實事求是的類型。反正等今天這場活動結束，小雛應該也會對我另眼相看。」

哲彥的笑容帶了一絲陰沉，流露出某種盤算的氣息。

「哲彥，這次你打的是什麼壞主意？」

「內容太多了，我不知道要從哪裡講起。」

「你居然不否認自己在打壞主意嗎！」

「好了好了，差不多該停嘍～～！已經給大家足夠的時間驚訝了，該請你們坐回原位了！」

真理愛拍手向新生發號施令。

換成以前，這是哲彥或黑羽會做的事。真理愛若無其事地接手，讓我體會到世代正在輪替，因而有一絲落寞感。

「——所以嘍……」

等新生坐回原位，現場也鎮定下來後，真理愛朝小雛伸出手。

「雖然我想已經沒必要介紹了，基於禮節還是鄭重說一遍。這位是虹內・雀思緹・雛菊小姐，以學年來說跟各位一樣是高中一年級。不過記得妳目前並沒有到高中上課，而是專注於演藝活動對不對？」

「是的。最近演戲的工作也在增加，抽不出空上學。哎，反正長大後還是可以讀書啊！」

以男生為中心，小雛的可愛讓眾人散發出陶陶然的氣息。

跟感覺有心機的真理愛正好相反，她討喜的地方在於這種讓人覺得有點笨笨的天真浪漫。

真理愛似乎察覺了男生這樣的心思，就把手湊到額前。

「先聲明喔，雛菊小姐的學力在現場成員當中也是排前幾名的。」

「咦……？」

眾人呆愣。

我代表所有人問了一句。

「我們學校好歹也是升學取向的高中……小雛的頭腦有那麼好嗎？」

像碧就拚命苦讀了半年才勉強考上。

小雛從小學高年級就一路以偶像身分跑在最前面，給人的印象倒沒有那麼聰明……

「記得妳的老家是上學要花兩小時的偏鄉，父母則是畢業於世界頂尖大學的學者吧？」

「好像是那樣沒錯……因為我不太感興趣，就沒有問過他們耶～～」

「妳總共有五個哥哥姊姊，而且都越級就讀，在全世界活躍。聽說妳本身在十歲被瞬老闆發掘時，也有國中三年級以上的學力吧？」

「啥？」

我不禁發出聲音。

十歲就有國中三年級以上的學力，是怎麼回事？

「我也不太有實際的感覺耶～我在老家讀的學校，從小學生到國中生全部併在一起也只有一個班級，因此讀書都是照自己的步調安排進度而已～」

真理愛聳了聳肩。

「大致上就這樣嘍，她屬於天生的天才兒童，也算是一種怪物。我並不是無法理解男性們被迷得色瞇瞇的心理，不過還請多留意。」

我原本在想真理愛為什麼會這麼了解小雛，但她們待過同一間經紀公司。哪怕偶像明星跟演員幾乎沒交集，立場上還是能輕易聽見對方的傳聞或事蹟才對。

「哦～真理愛前輩，原來妳這樣評價人家啊～真是榮幸！」

「哪裡哪裡～畢竟都是事實～不過，先不論其他方面，以演員來說，人家認為自己高妳一等。」

我差點忘了。真理愛對待小雛就像小姑一樣，應該說滿有較勁的味道，講話毫不留情。

面對真理愛這樣的言行，小雛反倒開心地笑了。

「不愧是真理愛前輩，就是該這樣才對嘛。麻煩妳要拿出讓人尊敬的風範喔。」

「放心，我會讓妳尊敬一輩子。」

「不不不，妳們這樣太嚇人了。」

真理愛與小雛都是可愛得足以讓洋娃娃自嘆不如的少女。

然而她們在心裡都豢養著凶猛的野獸。正因如此，才能在演藝圈這種震盪的業界爬到最頂層吧……身為旁觀者，我希望她們再收斂一點。

「怎麼這樣～～請不要說我嚇人嘛～～！」

小雛蹦蹦跳跳地挽住我的手臂。

軟呼呼又分量十足的某個部位跟真理愛正好相反，貼上來以後，我的思緒便隨之停止。

現場一陣鼓譟，小雛卻完全不顯得在意。

小雛踮起腳尖挺身，悄悄在我耳邊細語。

「人家比真理愛前輩更指望你耶，前輩？今天我也很期待喔，前～～輩！」

這個女生的「前～～輩！」凝聚了可愛與天真，音調聽起來簡直要讓人腦袋融化。

不愧是頂尖偶像。不僅外貌，連聲音的可愛度都非比尋常。

與其因她的可愛度呆住，我更注意位於她內在的貪婪好奇心與上進心，重新體認到這個女生果然是怪物。

「好了好了，雛菊小姐，跟異性距離太近的話會引起遐思，請妳克制喔～～」

真理愛像抓貓咪一樣地揪住了小雛的頸根。

「咦～～人家又不是看到誰都會親近～～因為前輩算是人家的最愛——」

「人家想繼續跟學弟妹談研討會的事，就說到這裡為止吧。黑羽學姊、白草學姊……能不能請妳們攔著雛菊小姐呢？」

「ＯＫ。跟我們去一下走廊吧。」

「是啊，這女孩似乎需要說教一下呢。」

黑羽跟白草互相點頭，然後各自架住小雛的手臂，把她拖離現場。

「咦？人家做了什麼壞事嗎？」

「我是覺得看法會因人而異啦——」

「對我們來說可是犯了大忌。」

小雛就這麼像狂風一樣席捲來到，然後又立刻被帶去走廊。

「……………」

「……………」

狀況太像暴風過境，有人看得傻眼，有人啞口無言，而真理愛在胸前「啪」地拍了手讓大家回神。

「所以嘍，今天一整天，雛菊小姐都會跟各位一起參與研討會。不過她的立場始終屬於『進行入社審查的那一方』，因此請各位留意。」

「意思是說，我們能不能跟那個偶像處得好也和審查有關聯嗎？」

對小雛顯得最沒興趣的陸粗聲粗氣地提問。

「我只能先告訴各位，她的意見對入社審查大有影響。特地提到她有多優秀，當中也包含了『要是懷有非分之想或有意圖利，很輕易就會被她看穿喔』這種忠告的用意在。」

「…………」

原來如此。我們群青同盟的成員終究是以高年級的立場來進行審查，要是可以請人從其他方面——找來賓一起參加研討會，從跟新生一樣的觀點幫忙出意見，就可以做出更全面的判斷。

不愧是真理愛。面對哲彥給她的課題「要怎麼錄取新生」，這樣可以說是傾盡全力做出了答覆吧。

無論外表再可愛，真理愛的本質仍是具備強烈職業意識的女演員。她的自尊心不會允許對工作馬虎。

新生們似乎晚了些才領會到這一點。

「雛菊小姐的登場……似乎讓各位變得浮躁了。接下來要舉行的研討會，你們都能認真參與嗎？」

真理愛立刻得到了回應。

「「「「是的！」」」」

「——很好。」

真理愛把手臂繞到腰際，然後轉過身。

「那麼，我們分成兩個組別，演出組與攝影組。演出組由人家來帶領，副手則是由末晴哥哥擔任；攝影組由玲菜同學帶領，哲彥學長會以副手的身分協助；黑羽學姊還有白草學姊則是聯絡與攝影人員。所有人懂了嗎？」

「「「「是的！」」」」

「各位答話變得有精神了呢。這邊準備了分組的籤，請一個一個過來抽。時間到就會換組，所有人都可以體驗到兩邊研討會的活動，請放心。那麼，麻煩各位排成一列。」

從集宿活動開始到現在，我們都採取友善模式，不過聽見小雛擔任審查人員，大家似乎就想起這是入社的最終審查了。

新生們抽籤這段期間，由於我是演出組的副手，便開始準備自己負責的研討會項目。

＊

攝影組會在另一間教室練習。現場會有攝影機等昂貴器材，假如跟演出組在同一個地方練習而造成損壞就不好了，因此才有這樣的判斷。抽籤分到攝影組的新生都跟哲彥與玲菜一塊移動，只有演出組留在房間裡。

演出組的訓練項目就像昨天大地遊戲時跟碧他們提到的一樣，是以話劇的基本練習為基底。

這是因為我與真理愛都是童星出身，演話劇的經驗多，不知不覺間群青同盟的基本練習項目就比照辦理了。

至於練話劇對拍攝WeTube影片的成效有沒有影響呢？坦白講我不知道。感覺是會有一些影響。

讓人容易聽清楚的發聲方式，還有站姿等等。我因而挑出了這些項目來排課。

「那麼，我們先從柔軟操開始吧。人家跟末晴哥哥會在前面帶動作，請大家跟著我們做。」

穿運動服的真理愛輕輕轉了轉手臂。

新生們看我跟真理愛搭檔做柔軟操，就跟著找伴模仿。氣氛和樂融融，看得出昨天交流讓新生的緊張舒緩了不少。

柔軟操做完，接下來換肌力訓練。

「接著是伏地挺身……一組十次，要做三組。」

「咦咦～～！我做不了那麼多耶！」

女同學發出近似慘叫的聲音。

我略為嚴厲地說：

「女生可以讓膝蓋觸地，男生嘛……能努力做多少算多少。」

「先聲明，這是設計給女生的課程，平時人家跟末晴哥哥還有哲彥學長做的是三倍分量。」

真的假的，好像體育社團……聽得見有人這麼嘀咕。

「我當童星時，指導演技的老師是一位主張『演戲的基礎在於練肌肉！』的人物。哎，小朋友練肌肉練過頭並不好，會造成負擔的大概是腹肌、背肌訓練以及深蹲吧？另外就是以體幹核心訓練為主，所以我們也要做喔～」

「練肌肉對演出影片有什麼意義嗎？」

「意義可多了喔。」

真理愛流暢地道來。

「首先呢，無論上電視或拍影片，都會拍到身體吧？」

「是的。」

「練肌肉就是要了解『自己的身體是怎麼活動，要怎麼活動，神經又是如何運作』，這會成為你們認識身體、活動身體的基礎。舉個極端的例子，假設有個以『玩電玩遊戲姿勢超駝背』當賣點的WeTuber，那或許也行得通，然而群青頻道並不是那樣吧？」

所有人點了頭。

群青頻道的強項有企畫有趣等等，不過基本上是靠我跟真理愛的名氣，還有成員們外表的優勢。在場總不會有人不明白這一點。

「要拋頭露面，自然得練身體。大家只要單純地這麼想就好。」

「……的確。」

「人家也想過要教一些簡單的化妝技巧，但時間不夠只好擱置。請大家諒解。」

真理愛的說明對新生們似乎有充分的說服力。

我做了補充。

「即使說是練肌肉，也有鍛鍊表情肌的項目……小桃，我可以先示範嗎？」

「為了舒緩緊張，或許先示範也不錯。那就由人家來喊口令。」

「ＯＫ。」

我告訴新生們：

「先說清楚，別笑喔。」

「咦？」

錯愕的目光聚集在我身上。

照這樣看來八成會被笑吧……我如此心想，切下了演員的開關。

「那要開始嘍……上！」

聽到上，我就把表情全都往上方集中。

從眼、鼻、唇一直到臉頰，臉孔所有部分都擠向上方。嘴唇噘起，眼睛幾乎翻白，簡直像章魚面具一樣——說穿了就是惹人發笑的臉。

「呵呵。」

如我所料，被笑了。

然而真理愛銳利地瞪向對方。

「這是正經的練習。要笑請出去。」

「對、對不起！」

「繼續。下！」

這次我把所有表情肌擠向下方。

「左！……右！……內！……外！」

內就是要把表情肌集中到中心，外則相反——把鼻子一帶當成中心，表情肌全都向外撐。這相當不容易。

重複幾次不規則的指示後，表情肌的訓練就結束了。

大概是拜我跟真理愛全力以赴所賜，到最後都沒人笑，結束時還得到了新生們送上的掌聲。

「這套練習用看的或許好笑，但還滿累人的喔。」

「表情是肌肉在操控，所以日常生活中也派得上用場。即使同樣是笑容，笑得開懷的人不是比較有魅力嗎？假如有人對表情缺乏自信，不妨在日常生活中做這樣的訓練，對著鏡子意識『自己看在別人眼裡是什麼樣』會比較好。」

「嗯，像這樣，我們從話劇基礎訓練中挑了感覺有幫助的項目，排進課程裡面。所以嘍，大家先從伏地挺身做起，可以嗎？」

「「「「好的！」」」」

太好了，我們的用意似乎有傳達給大家。

「……………五……六……」

伏地挺身做到第三組，能跟上的難免只有看似待過運動社團的人了。

反過來說，平時會練肌肉的人似乎就輕輕鬆鬆，有人顯得一臉從容。陸與碧算代表範例。

伏地挺身做完，接著是練腹肌、背肌跟深蹲，然後讓大家休息。

「碧，對妳來說到底是小意思嘛。」

碧穿著看習慣的短褲裝扮，邊擦汗邊笑。

「哎，我在巔峰時期，訓練量是這個的五倍啊。」

「不愧是認真練網球的人……」

「只是身體難免變懶散了啦～～不過現在總算暖身完畢，力氣就上來了。」

「練肌肉能讓妳有力氣啊……」

「我沒練過表情肌，所以很期待！」

「妳未免太肉體派了吧，男生都被妳嚇到了。」

有的男生已經累壞，一邊補給水分一邊露出絕望的臉色，跟生龍活虎的碧呈對比。

「嗯，因為鍛鍊方式不一樣。」

「也許妳還滿適合參加演出的……」

群青同盟裡找不到肉體派女生這一型。

蘿莉大姊兼模範生的黑羽；屬於高冷文青的白草；當演員走妹系路線的真理愛。我負責耍寶還有衝第一，哲彥的定位則是會吐槽的痞子帥哥。

加個肉體派女生會變成怎樣呢……不知道會起什麼化學反應，我有點好奇。

何況碧是黑羽的妹妹，在觀眾看來也有親切感吧。

「哦，真的嗎！雖然我在面試說過想當幕後人員，難得有這種機會，還是想挑戰看看另一邊啦。」

話說完，碧突然搭了我的肩膀，還把嘴巴湊到我耳邊。

「你會有這種發言，是不是表示我滿有希望過關啊？」

原來如此，她想問這個啊。目前周圍有其他新生，不壓低音量實在不方便問。

不過碧到底還是少根筋，應該說直接把我當家人了吧。有新生在現場，她這樣靠太近了。

要講悄悄話，遮著嘴邊輕聲細語也就夠了。但是碧一派自然地搭了我的肩膀，不知不覺間長大的胸部還頂著我的手肘。

「那是祕密事項，還有，妳靠太近。」

碧不懂自己有多麼受人注目。

雖然說群青同盟有黑羽、白草、真理愛在，碧的醒目程度就變得比較低，可是在男新生參加者當中，起碼有三個人的目光都跟著她跑。

「啊，抱歉！」

碧害羞地拉開距離。

……這是頗難認同的事實，不過碧身為黑羽的妹妹，長相也就滿可愛的。在我心裡固然有「這傢伙只能當弟弟！」的心結，可是冷靜一看，有這種水準的姿色，受歡迎也是理所當然吧。實際上，我們去碧的班級探望時，她就很有異性緣。

正因如此，只要碧在影片裡出現，肯定會有一定程度的人氣……可是……

不過……唔……彼此交情這麼久，「當弟弟看待」的定位也就難以動搖……偏偏……她的身材又莫名地好，像女生一樣顯露羞澀的次數也變多了……

唔啊啊啊啊啊啊，好，停住！

想這種事會讓自己一直繞圈子，還是找下個人講話吧！

「噢，陸，你滿有精神的嘛。」

正在休息的新生當中，他大概是最有餘裕的，連一滴汗都沒流。

我走近以後，陸就對我豎起了拇指。

「之前不是流行過健身動畫嗎！我看了以後就一直持續練肌肉，所以輕鬆啦！」

「你的外表跟講出來的話，形象落差還是一樣大耶！」

飛機頭猛男隨口提起動畫的話題，聽了難免會嚇到啦。

「那我們就休息到這裡，要開始下一項練習嘍！」

我們演出組便這樣陸續完成練習的課程。

「……河馬！」

真理愛口令一出，所有人就擺出想像中河馬會有的姿態。

「……熊貓！…………鱷魚！…………樹懶！」

不過，大家都在苦撐。

這是真理愛提出的動物模仿訓練，看得出整體成員都在害臊。

「各位，請拋開害羞的心理！群青同盟也會參加廣告比賽，萬一演員表現出害羞，到時候就會剪掉喔！」

「是！」

「現在不用回話！人家還沒說表演結束喔！」

「啊……對不起！」

「請你們看看末晴哥哥！」

「「「噢噢……」」」

現場喧嘩起來了。

當大家因為真理愛提醒而恢復理智時，我仍繼續表演。

「請看，末晴哥哥的這副樹懶樣！完全感受不到拚勁吧！你們懂嗎？他連口水都滴下來了喔！不僅像動物的樹懶，是不是也像熬夜三天沉迷於電玩的人呢！」

「的確……這樣看來……完全就是樹懶……」

「哎呀～～不愧是丸學長。我沒辦法拋開理智到這種地步……」

「這就是拋棄羞恥！」

嗯～～明明受到了誇獎，為什麼我卻這麼開心不起來……

「有趣。回家以後我要跟蒼依還有朱音分享。啊，我拿手機過來，可不可以讓我拍照？」

「碧！妳敢那樣做，我可不會放過妳！」

＊

約一小時的練習結束，演出組與攝影組就互換了。

交換以後有準備十五分鐘兼讓大家休息的中場時間。

原本是攝影組的小雛來到了演出組的房間，我便向她搭話。

「怎麼樣，那邊的練習？」

「學得很開心！我覺得自己比以前更能體會工作人員的心情了！」

這個女生依舊只講正面積極的話，而且那會成為光彩，光是跟她交談就覺得耀眼。

「不過小雛，今天來這裡沒問題嗎？妳很忙吧？」

小雛不僅是偶像明星，最近連演戲的工作都有接。我本身收到哲彥的指示，要多在學業上努力，因此沒空看小雛演的連續劇。不過從她的知名度來想，飾演的肯定不是小角色，這樣的話便不難想像她會忙得不得了。

「我今天休假喔！今年第一次休假！」

「這個月第一次休假啊，果然厲害，工作這麼忙……不對，妳剛才說『今年』？」

「是的！」

咦，現在是四月耶。

就算在十二月有休息過，也間隔約四個月了。

如此寶貴的休假，她沒有窩在家裡，還跑來這種地方。

（小雛依然像怪物一樣耶……）

不過行程會不會兜得太剛好啦？

原本我是要問哲彥，但哲彥在攝影組那邊。

不過，還有另一個看似牽涉其中的人在這裡。

「小桃！」

「什麼事？」

在確認名冊的真理愛湊了過來。

「集宿的日期，該不會是配合小雛決定的？」

「沒錯啊。」

真理愛答得爽快，讓我覺得自己撲了個空。

「為什麼？」

「有的理由在這裡不方便講，但是哲彥學長從以前就希望能找個機會，『瞞著瞬老闆』邀雛菊小姐來參加群青同盟的活動。」

「從以前就……？」

「差不多是在話劇比賽平息後，因此十二月就有談過這件事了吧？」

「對呀～～」

「咦咦！」

原來哲彥那傢伙從那時候就已經開始行動了……哎，考量到小雛的地獄行程，應該說真虧當時談好的活動能在今天赴約吧……

「起初人家是負責幫哲彥學長跟雛菊小姐媒合，三個人一起協調參加集宿的事情，不過你們最近常常直接聯繫吧？」

「這樣哲彥的社交力可就深不見底了！」

雖然有真理愛當過中間人，並非藝人的高中生能跟頂尖偶像聯繫，這可是天大的事情……

「小、小雛！妳還好吧？哲彥有沒有對妳灌迷湯？」

小雛這麼純真無邪，我開始擔心她是不是被壞男人騙了。心境完全像哥哥一樣。

小雛無視我的擔心，甜甜地笑了笑。

「我沒有被灌迷湯耶。起初是為了防止有那方面的狀況，我才請真理愛前輩居中聯絡，他卻一直正經得出乎意料……啊，不對，用正經形容不正確。哲彥先生是個不正經過了頭，而讓我覺得有趣的人呢。」

「不正經過了頭而讓妳覺得有趣……？」

「總之戀愛成分是零喔～～」

小雛有類似野孩子的部分，我認為她出於本能的直覺很靈敏。這樣的小雛會把話說死到這種地步，表示大概沒問題吧……不過「相當不正經而有趣」是個不可思議的形容方式。

「小雛，為什麼妳對哲彥的評價那麼高？」

「……你慢慢就會知道嘍。不過先聲明清楚，人家評價最高的是前輩喔。你明白嗎？前～～輩！」

她對我露出向日葵般甜甜的笑容。「前～～輩！」的音調依舊純真，卻又甜美得讓人心癢。

假如真理愛是刻意為之的小惡魔，小雛就是渾然天成的小惡魔。被那副堪稱妖精的外表迷惑會很慘吧。

「啊，時間到了，該開始嘍！各位，請坐到地上！人家會點名，被叫到麻煩答有！」

後半場就這樣開始了。

要做的事跟前半場一樣，因此某種程度上算習慣了。

只不過——

（小雛演得更好了……？）

小雛的絕對優勢是她有純真無邪又可愛的存在感。話劇比賽時，她也飾演了純真無邪的修女，台詞少完全不成問題，她靠壓倒性的存在感就讓觀眾被迷住了。

然而，簡單看過小雛模仿動物的練習就曉得。

她「能讓模仿對象上身」。

比如先前我表演的樹懶，要是流露出純真無邪的可愛感就不自然了。

將可怕的東西演得可怕，噁心的東西演得噁心。

演員這種生物就是要飾演各種對象，讓他們上身。

在那當中，小雛演起具唯美或純真無邪特質的角色，便擁有不輸任何人的光彩。

但現在不一樣。

難道說，她「學會怎麼控制」自己的那種光彩了……？

如果是那樣，小雛能演的戲路就會倍加寬廣。即使是同一個角色，應該也可以視場景來控制個人光彩，藉此表現出落差。以演員而言確實是更上層樓……不，要說她已經提升了好幾個層次也行。

「雛菊小姐真是後生可畏呢……」

真理愛用只有我能聽見的音量細語。

「……是啊。」

跟小雛進行話劇比賽後，過了約五個月。

難道一般演員花好幾年也未必能練就的技術，這個天才兒童在短短的期間內就學會了嗎——

在我感到戰慄的同時，一個小時轉眼間經過，攝影組回到了演出組的練習場地。

哲彥確認過所有人到齊，才開口宣布：

「上午的活動就到此為止，吃過午飯以後，我們會試著實地拍攝影片。所有人姑且都會輪到一次演出與攝影的機會。拍好的影片當然不會在群青頻道公開，但現場的成員都能分享到，所以你們要認真參與。另外，拍攝的主題從綜藝到話劇都有，隨拍隨換，可不要看別人拍完就放心了喔。」

哲彥講話很嚴厲，因此一開口便散發刺膚的緊張感。

「「「「是！」」」」

新生回話的聲音很認真。

一瞬間，哲彥看向真理愛。

真理愛點頭，哲彥同樣點了頭。

「不過突然叫你們表演，應該也很難發揮吧。『這裡先示範給大家看』。」

示範？就在我疑惑地歪頭的時候。

「末晴！」

「……居然是找我嗎！」

「將你當過國民童星的風範秀給大家看。」

「不要把門檻拉到超級高啦！那樣真的會讓我困擾！」

「然後呢——」

哲彥無視我的發言，朝新生看了一圈。

「光看也不好玩吧？難得有機會，你們不覺得採用比賽的形式會比較有趣嗎？」

新生們悄然無聲地點頭，我心裡卻滿是負面的預感。

當哲彥這樣帶風向時，大多就是要搞人。

「——小雛，妳要不要……跟末晴比一場？」

有雙藍眼的天生小惡魔拚勁十足地站了起來。

「當然嘍……我等於是為了這個才來的。」

「「「「噢噢噢噢噢噢噢噢噢噢！」」」」

新生們的情緒一舉沸騰。

「超讚耶！前國民童星VS頂尖偶像！」

「話劇比賽過後——這次是要一雪前恥的復仇戰！」

「大家安靜！」

哲彥喝斥，新生們頓時鴉雀無聲。

「辦這場比賽也是為了讓攝影組示範，所以會拍成影片。不過既然小雛是瞞著經紀公司來的，我們就不會公開，也不會分享。當然，對外也禁止將這場比賽的事傳出去。假如事情洩露了，我打算用全力揪出犯人讓他受到該有的報應。先做好覺悟吧。」

在哲彥的威脅裡蘊藏著足以讓大家明白他會認真出手的殺氣。

每個人都只敢默默點頭。

「比賽的劇本我準備好了……可知。」

白草嘆了氣，從擱在腳邊的包包裡拿出一疊紙。

「這還在琢磨階段就是了，可以嗎？」

「先找人來演，妳看了以後也比較好修改吧？」

「話是這麼說沒錯……」

「我也希望有材料能判斷誰適合演哪個角色啊。」

新生們又鼓譟起來。

「請到了身為小說家的可知學姊寫劇本……？」

「真假……？我是學姊的小說迷耶……！」

白草瞟了他們一眼。

酷酷的白草應該讓學弟妹們懷有敬畏吧，光是這樣新生就安靜了。

「甲斐同學，即使說要比賽，你打算怎麼比？照你所說的，我準備了男女各需一名飾演的劇本，那搭檔呢？」

「我已經決定了。末晴的搭檔是……志田！」

黑羽大概想都沒想到自己會被點名。

她眨了眨那雙大眼睛。

「我嗎！」

「之前我有叫妳練習演技吧？把成果拿出來讓大家看看。」

「正常來想，不是該找小桃學妹嗎？」

「末晴跟真理愛搭檔的話，局面會類似二對一吧？這次單純是末晴跟小雛的比賽，搭檔的實力差距最好不要太懸殊。」

「那麼，小雛小姐的搭檔要找誰呢？」

哲彥哼聲笑了笑。

「——由我來。」

第四章 搭檔對決

＊

比賽形同突然從天而降，餐廳裡很是熱鬧。

「不曉得哪邊會贏耶！」

「雛雛會贏吧！她最近的演技真的超棒！」

「你在說什麼啊！沒看過丸學長的廣告比賽嗎！他演得出那種落差耶！丸學長贏定了吧！」

「話劇比賽也是丸學長贏啊～」

「不過那時候他是和桃坂學姊搭檔贏的吧？小雛太可愛了，輸贏難講啦！」

熱鬧是不錯，然而跟他們在同一個地方實在無法專注心思。

我跟黑羽為了迴避喧鬧聲，就趁早吃完午餐離開集宿場地。接著我們在能放眼整座運動場的長椅坐下來，然後讀起了劇本。

「事情鬧大了耶……」

「對啊，小黑。而且說是示範，沒想到會跟妳一起演話劇……」

「上次是幼稚園時？」

「是吧。記得妳演公主，然後我演樹？」

「啊哈哈！對對對！小晴，你演的是一棵樹！」

「我想起來了。那個角色的台詞就只有替迷路的公主指路。」

「當時我分到的角色還比你好呢。現在想想，會覺得好訝異。」

「哎，不過真讓人期待。好久沒有搭檔，要指望妳嘍。」

「嗯，包在我身上。」

我們握拳互相輕碰。這可說是青梅竹馬才有的默契。

要說的話，黑羽的表演經驗固然比真理愛少，不過私生活的往來就是黑羽久得多。演話劇或連續劇當然都是跟初次見面的人合作，跟她搭檔也就可說是駕輕就熟。

「小晴，你有自信贏過小雛小姐嗎？」

「嗯～～雖然說之前的話劇比賽有小桃幫忙，既然我曾經贏過她，就想像不了自己會輸……不過……」

「不過？」

「光是在剛才的研討會，就看得出她的水準確實提升了。昨天我才在大地遊戲說要示範給新生看，怎麼能輸給她！我有這樣的想法。」

「嗯。」

黑羽小小地用力點了頭。

「可是，沒想到哲彥會自告奮勇出來演戲……」

「而且還是跟小雛小姐搭檔，對不對？她說他們會直接聯絡，可是我覺得當中有故意的感覺耶。」

「小黑，妳看得出哲彥的心思嗎？」

「嗯～『真正的目的大概猜不到』。」

「咦？」

我不由得愣住了。

「真正的目的？難道妳看得出那以外的目的？」

「差不多，比如這場比賽的目的，我大致可以推測出來。」

「欸，等等！妳居然知道嗎！」

有時候我會對黑羽的直覺之靈，或者說偶爾顯露的眼光之深感到錯愕。

「那妳告訴我，這場比賽的目的是什麼？」

「那大概是『說出來就沒意義的模式』。」

「啥？」

「啊，說了還是有意義吧。不過效果似乎會變弱，所以還是別說了。」

「但我一點也不懂妳的意思！」

不知道她看出了什麼。

黑羽撿起了手邊的石頭，扔向草坪。

「我也想說明啊。不過，那樣難保不會破壞小桃學妹累積的部分事物，而且從長期來想，無論是對我或對你來說，想必都是非得經歷的一段過程。這要怎麼形容呢？算是通過儀禮吧？跟報考學校類似喔。儘管讓人討厭又難受，不過它就像一道非克服不可的牆。」

「小黑，我真的連一丁點都聽不懂妳在說什麼……」

「……時間變少了呢。」

黑羽落寞地嘀咕。

「我們也已經高中三年級了嘛……畢竟我們還小，往後仍然會遇到好事與辛苦的事，但總會希望能多維持一下現狀……還是說，我們會不會一輩子把這樣的念頭掛在嘴邊呢……？」

「小黑……」

「到時候，希望在我身邊的人是你。」

話說完，黑羽微微臉紅地笑了。

她笑得自然，看了感覺既嬌憐又暖心，我甚至想把那可愛的微笑收藏在照片裡定期回味。

而且我在幾秒鐘後察覺到了。

這段話簡直像繞了圈子的求婚詞。

「來，我們開始讀劇本吧！」

大概是在掩飾害羞，黑羽突然轉換話題。

「……也對。」

我想珍惜這種恬適的氣氛，因而點了頭。

『希望能多維持一下現狀……』

儘管我打算專注於劇本，黑羽說的話卻殘留在耳底。

＊

白草撰寫的劇本內容大致是這樣：

男子新婚半年，妻子懷了小孩。

在演藝經紀公司的製作人工作也很順利。

不過看似一帆風順的男子卻面臨轉機。

男子對自己新接手拉拔的偶像——那名少女，萌生了出生以來第一次的戀愛感情。

兩人彼此吸引而相愛，男子卻有妻子與妻子胎裡的小孩。

到這裡為止是寫好的大綱。

這次比賽，演的是之後發生的一幕。

男子打算拋棄妻子，選擇當偶像的少女。然而當偶像的少女卻不那麼想，她得知自己是男子的外遇對象便打算分手——這樣的場景。

「按照小白的說明，這屬於回憶當中的一幕，原本這篇故事好像是妻子所懷的小孩展開復仇的故事。」

黑羽交抱雙臂，閉上了眼睛。

「刻意把回憶場景拿來讓我們比賽，不知道有沒有理由。」

「我是不曉得，但哲彥很可能有他的用意。」

「嗯～～我也看不透耶。還有這段劇情的點子，不知道是由哲彥同學還是可知同學主導。以可知同學寫的內容來說，有點不符她的風格……」

「原案八成是哲彥吧。」

我隨口回話，黑羽似乎感到意外。

她眨起了眼睛。

「為什麼你會那麼覺得？」

「小白骨子裡屬於擅長寫私小說的那一型吧？當然她應該也會寫別種風格，但我不認為她會在沒人幫忙出主意的情況下寫出這種劇情。」

「啊，啊～～……」

黑羽似乎也會意了，坐在長椅上將腿踢來踢去。

「小晴，你現在對可知同學滿了解的呢……」

「……呃，沒那種事啦。」

「會立刻浮現那樣的想法，就表示你了解她啊。畢竟可知同學就是寫私小說的嘛，甚至還利用小說向你告白。」

「噗！」

我把喝到一半的瓶裝水噴了出來。

「咦？欸，等一下？雖然哲彥在教室爆料過小白向我告白的事……妳怎麼會連告白方式都曉得？」

「發生那件事後過了不久，可知同學就來找我講話——」

黑羽眼尾往上挑，擺出酷酷的臉色。

「她說：『我想出一套利用小說的手法向小末告白了！妳想不想知道細節！』」

「像耶！妳學小白學得好像！」

嚇我一跳！重現度超高的！

（小黑還真是靈巧……）

呃，不只如此，她該不會連基本的演技力都提升了？

這樣的話，或許之後的演技值得期待。

「可知同學豁出去後就大肆張揚，群青同盟的成員都知道了。更何況，她都向我宣戰了。」

「宣戰……她為什麼要火上加油啊……」

「不知道是為什麼耶～～會不會是因為她無論如何都想得到你的這裡呢～～？」

黑羽用戲弄似的口吻，伸出食指在我的心臟附近畫圈圈。

由於黑羽個子嬌小，手掌也小，指頭更小。看在比她高二十公分以上的我眼裡，那就像小朋友的手。

不過，她的手指柔軟又有彈性，而且很漂亮——被這樣的手指觸碰，並且輕撫在衣服上，不免讓我心動。

「哎喲～～！小晴……才這樣就會讓你臉紅啊……好可愛喔～～」

「不要用可愛來形容男人。」

「我會擔心耶。畢竟，你對接觸這麼沒有抵抗力。」

「妳還不是臉紅了。」

「那還用說，碰觸到喜歡的人，我也會害羞啊……」

「說是這麼說啦……我可是有不安定的自覺。畢竟妳長得可愛又受異性歡迎，我都在擔心會不會被妳放生。」

「哦～～你覺得我可愛啊～～這樣啊～～」

黑羽冒出小惡魔的尾巴。得意地抿著嘴笑的表情一反其稚氣的外表，散發著幾分嬌媚，彷彿在暗示我接下來會受到玩弄。

「不行嗎？」

「我沒有說不行啊。有種從青梅竹馬逐漸變成男女朋友的感覺。所以嘍……來吧？來嘛來嘛～～多誇我可愛～～趕快趕快～～」

被挑釁到這個分上，我也不得不反擊。

「妳別得寸進尺。」

「呀啊～～！」

我撥亂黑羽的頭髮，黑羽就開心似的扭身。

「…………呃～～」

「唔哇！」

「呀啊！」

被人從背後搭話，我和黑羽連忙分開。

找我們搭話的是陸。

「兩位感情很好，這一點我已經了解到肚子痛得快死人的地步，真的拜託兩位放條生路，應該說，假如我看到同學這樣，早就揍人了。話說時間快到了，能不能請學長姊回去呢？」

「你每一句都很聳動耶！」

當我吐槽時，黑羽大概是為了讓臉龐降溫，就一邊把手湊在雙頰一邊嘀咕：

「總覺得，我好像聽蒼依說過一樣的話……」

「啊，這麼說來，我也聽她說過……」

「順帶一提，志田從剛才就在窗口一臉快吐的表情看著這邊，之後請兩位自己向她辯解。」

順著陸用拇指比的方向一看，就發現碧正帶著打從心底生厭的臉色望著我們這邊。

「「呀啊～～！」」

碧就像家人一樣，剛才那些互動對我跟黑羽來說，是最不希望被她看見的。

狀況太尷尬又太難為情，讓我暈頭轉向。

「順、順便問你喔，你是從什麼時候開始看的？」

「最好當作我從一開始就在場喔。」

「「呀啊～～！」」

我跟黑羽第二次尖叫，並且抱頭懊惱。

*

「那我們用抽籤來決定先攻或後攻。抽到的籤紙有畫○就可以選自己想要的。」

目前參加集宿的所有人都到了放器材的房間——攝影組練習的場地。

這裡從一開始就是沒有桌椅的空房間，相對地就比演出組用的空會議室寬敞。

攝影器材已經組裝完成，還架起了照明器材。

這裡跟演出組待的場地不同，並沒有螢幕，只有一片全白的牆壁。這應該就是被攝影組選為場地的理由吧。

或許是上午攝影組練習時製作的，現場準備了數公分高且漆成白色的講台來代替舞台。此外還有舉辦猜謎比賽會用到的參賽者座席與看板，但這些都被集中擺在房間的角落。

可以稱作舞台的設備就只有講台，背景更是一片全白的牆壁，彷彿在強調要以演技決勝負。

「末晴，就由你來抽籤。」

哲彥把用面紙盒做成的籤盒遞給我。

我把手伸進去，抓了一張籤紙，然後攤開。

……上面什麼也沒寫。

哲彥接著抓了一張籤紙，上面畫著○。

「小雛，我們後攻可以吧？」

「好。」

看這種反應，拿到選擇權時要選擇哪一邊，他們應該早就決定好了。

我感受到陣陣刺膚的壓力。

準備周到的哲彥，還有本能型天才小雛。

難道是兩個人的長處兜在一起就更加厲害了嗎？

但我們也沒有要輸的意思。

我跟黑羽是青梅竹馬，並不像哲彥跟小雛那樣只建立了類似生意夥伴的一點點關係。

「來確認比賽方式。」

哲彥手拿劇本，像在確認舞台寬度般緩緩走著。

「表演只有一次，可以拿著劇本進行。」

小雛若無其事地說：

「不過，人家不會用到，因為會妨礙表演。」

「我也一樣。」

學業方面的記憶力姑且不提，能一次把劇本背熟是我的長處。

（但這點事情小雛果然也做得到……）

原本我還對這項專長懷著一絲驕傲，在她面前卻好像沒意義。

小雛的才華正是這麼豐富，我之前就知道了。

問題在於，她現在成長到什麼地步。

「我跟真正會演戲的人不同，所以要帶劇本上台。志田妳呢？」

「我也要。雖然只有一個場景，時間那麼短實在記不住。」

哲彥跟黑羽似乎都怕本身的失誤會拖垮整場表演。

這終究是我跟小雛在比賽，因此他們判斷要謹守支援的角色吧。

「比賽用投票來決定輸贏，投票者則是現場除演員以外的所有人。」

「沒問題，但是我跟小雛演的角色不一樣，大家做得出中肯的判斷嗎？」

哲彥揚起嘴角。

「末晴，別說傻話。怎麼可能有所謂『中肯的判斷』啊。」

「……啥？」

那不就沒辦法公平比賽了嗎？

趕在我這麼抱怨以前，哲彥乘勢補了一段：

「評審選為冠軍的搞笑搭檔，就會變成最紅的諧星嗎？獲得最高獎項的電影就會是最好看又有票房的嗎？就算在電視上，也找不到所謂『中肯的判斷』啦。」

「嗯，要這麼說也對啦……」

我能理解哲彥表達的意思。

人的知識與喜好千差萬別，所以，判斷標準當然也會因人而異。

「——不過……」

平時都帶著笑容的小雛睜大眼睛說：

「人家認為擁有真材實料……實力過人的精彩表演，肯定會拿到比較多票獲勝。」

從字句間可以感受到深不見底的自信。

（該怎麼說呢，這種感覺……跟以前小雛懷有的自信不一樣……）

啊，我懂了。

她懷有的並不是自信。

——那是把握。

小雛以前擁有的是「來自不知敗北為何物的自信」。

不過，她現在彷彿是這麼說的。

——我看透你的能力了。

——飾演的角色不同根本無所謂，跟誰搭檔也無所謂。

——雙方差距如此懸殊，而自己壓倒性占上風。

「不好意思，我也覺得用投票的方式沒問題。這樣更讓人有鬥志了。」

我緩緩伸展手臂。

很久沒有被知道自己演技的人看扁到這種地步了。

我本來就不是菁英分子，我屬於從底下往上爬的類型，被看扁是家常便飯。而且「我也知道對看扁自己的人還以顏色有多愉快」。

「燈光與配樂做最終檢驗，大概要花多久？」

哲彥朝著最後方——正在角落待命操控音響及照明設備的玲菜搭話。

「希望能給我十五分鐘左右的時間！」

「那麼末晴，二十分鐘後開始表演沒問題吧？」

「好。」

就這樣，我&黑羽還有哲彥&小雛兩組人各自到房間的右手邊與左手邊，做起柔軟體操。

「小晴……我會努力不扯你後腿的。」

為了確認器材，燈光忽明忽暗。黑羽的臉也隨之被交互照出了光明面，還有黑暗面。

黑羽的臉上有欠活力，應該不是燈光的影響。

因為她不安，仔細看也會發現手在發抖。

我搖頭。

「不要緊。小黑，麻煩妳照自己的想法盡力演。多少有失誤也別在意，我會設法補救。」

「小晴……」

黑羽放鬆了嚴肅的表情。

「明明平時都是我在照顧你，表演時就反過來了呢。」

「幸好還有一件事可以讓我這樣表現，不然我也站不住腳。」

「還有……」

「怎麼樣？」

黑羽壓低音量嘀咕：

「表演時的小晴果然很帥。」

明明就要正式上場，我正在繃緊神經，卻因為黑羽太可愛而被她緊緊揪住了心。

「聽、聽妳那麼說會不好意思耶……」

「你明明就不排斥……」

「要、要說的話，雖然我沒做出結論，可、可是，我還是有把妳放在心上啊……」

「哦～～」

笑吟吟的黑羽完全顯露出小惡魔本色。明明被她用高姿態看著，那模樣卻可愛得令我感到不甘心。

「哎，既然快要正式上場了，就這樣放你一馬吧。」

「妳從剛才就在緊張，講得還真從容。」

「你會支援我吧？」

「也是啦。」

「那就沒問題了嘛。」

「……妳說得對。」

我一面做柔軟操，一面分神試著觀察哲彥與小雛的狀況。

兩個人正好都朝向我們這邊。

但不知道為什麼。

他們臉上露出了詭異的笑容。

那種笑容是怎麼搞的……？因為很從容嗎……？

「哲彥！我姑且先問你一句，這場比賽沒有作弊吧！」

對方是哲彥，保險起見先確認應該比較好。

哲彥哼聲笑了笑。

「又不是贏了就有錢拿，我幹嘛做那種事？當你覺得有作弊時，要直接算我們輸也行喔。」

「那樣的話……好吧。」

的確，這次算是新生們練習前的餘興節目，根本沒理由作弊。

但既然這樣，他們那份從容究竟是怎麼來的……？

「末晴，重要的是你還在打情罵俏，挺有餘裕的嘛。」

「啥！」

我感覺到臉在發燙。

看向旁邊，就發現黑羽臉紅了，還怨怨地瞪著哲彥。

「前～～輩！請你全力以赴喔！要不然——」

小雛的笑容突然變成面無表情，眼裡更銳利地發光。

「——我會擊潰你的。」

對了，看演出組練習時，我就感覺到她跟以前有所不同，原來差異是在這裡。

小雛從有自信變成有把握，在天真浪漫、純真無邪的同時，她又多了一股「狠勁」，而且是不惜染上塵埃又「近似於執著的狠勁」。

相反的特質共存於小雛身上。

——這幾個月來，小雛經歷了什麼？

當天才兒童產生執著而努力時，會有何等成效……？

我不得不感到戰慄。

*

這次小道具只準備了一把鑰匙，簡單樸素，但是這在話劇練習並不算稀奇的狀況。在大道具及小道具人員才剛動工的排練初期，這可說是理所當然。

問題在於沒有東西就難以想像場景，我不確定這對生疏的黑羽會造成多大影響。

從剛才一起讀劇本的感覺來看，比我想像中更好。

黑羽本來就很靈巧，再加上哲彥做出指示，讓她在之前受過關照的慶旺大學話劇社「茶船」

參加了好幾次練習。

我跟真理愛是因為有職業經驗而獲得禮遇，不過「茶船」的校友本來就女星輩出，當中甚至有從高中便參加過全國大賽的強者，堪稱名門話劇社團。只是這陣子稍微走下坡，水準仍舊遠遠高出尋常的話劇社。

「燈光、音響都準備ＯＫ了喲！」

「末晴、志田，你們準備好了嗎！」

我向待在場地左手邊的哲彥點了頭。

室內的電燈早已關掉，燈光只剩兩盞照明。空無一物的場地就這樣被當成舞台來表演。呈現方式也很單純，只是用照明各自打在兩名登場人物身上。音樂則是從頭到尾只播一首。哲彥是這麼說的。

目前除了照亮的地方之外都相當昏暗。即使如此，亮度仍足以用肉眼看見我點頭的動作。

哲彥看見我點頭，就點了頭回應。

接著他指示玲菜開工。

流行的Ｊ－ＰＯＰ音量逐漸變大，燈光則呈反比逐漸減弱。

一瞬間，黑暗籠罩室內。然而那裡並非什麼都沒有。

緊張感高漲。

刺在皮膚上，使得全身起泡，欲罷不能的緊張感。

（——我又回到了這個地方。）

喜悅盈滿全身，我靜靜地切下內心的開關。

為了讓自己變身。

我放輕腳步站到舞台中央。

於是音樂完全消失，照明將焦點對著我點亮——惆悵的旋律開始播放。

「——為什麼！」

頭一句，改變現場的氣氛。

要讓大家體會這裡並不是集宿場地的空房間，而是苦惱的男子所住的公寓。

「為什麼她不答應離婚！是因為我們是相親結婚的，所以要顧體面？還是因為肚子裡有了小孩？」

男子有妻子，妻子已經懷了小孩。

然而他喜歡上其他女人，所以打算跟妻子分開，可是妻子不答應離婚。

有這麼一名差勁的男子正狼心狗肺地發著牢騷。台詞內容都在說明狀況，這是話劇才有的逗趣之處。

順著他獨特的道理再添上人味，就是我的工作了。

「受不了——無聊透頂！」

可以看見新生們的臉隨之緊繃。

應該是因為我的臉上鬼氣逼人吧。

男子固然自私，這股憤怒卻是來自他自己的邏輯而有其道理——因此若不能展現出真正的憤怒，故事就說不通。

「這個社會對於愛情不是稱頌有加嗎！真正的愛重於一切！我只是比較晚遇見真愛罷了！我只是在娶妻有了孩子以後才遇見了真愛！要說罪過當然是有，但我也明講自己會出錢償還這份罪過了啊！明明初戀是這麼受世人吹捧，為什麼我談的戀愛就非得遭到否定！」

莫名生動的主題與台詞。

這是讓我直覺感受到劇情是由哲彥來主導的部分。

對我來說，「初戀」既沉重又美麗。而且，感覺白草恐怕也有一樣的想法。

基於白草的性格，她應該會厭惡這樣的角色。

因此肯定不會在自己的小說裡寫出來。

不過「結婚有了孩子後才有的初戀」，我認為以故事主題來說也是可以存在的。

有各式各樣的人，就有各式各樣的人生，因此初戀未必是在學生時期吧。

然而這裡的扭曲──「初戀就該是學生時期的事」這種觀念被犀利地深究質疑，便加深了哲彥插手的氣息。

「……可惡！我得在事情被優菜知道以前，趕快做個了斷！要不然──」

「──俊一先生。」

我捶了幻想出來的隱形桌子，然後趴到上頭，黑羽就從我背後現身。

黑羽演的角色名叫優菜，是我──俊一心中的最愛，也是自己負責提拔的偶像。

「……啊，沒事的，剛才那並沒有什麼。工作上出了一點小狀況。沒問題，像往常那樣把事情交給我就──」

「…………」

黑羽轉身背對我。

感覺不錯。黑羽果然進步了。即使沒有台詞，光靠動作也足以感受到她的用意。

「……俊一先生，我前陣子就知道了，包括你已經結婚，還有你太太懷了孩子的事。」

「妳說什麼……！那是誰在造謠……！」

「是你太太告訴我的。」

「！──」

對跟俊一同化的我來說，聽見她的台詞就像頭上挨了一拳。
腳步踉蹌得不拄著牆就會站不穩。
「你太太直接來找我，還向我說明了一切。」
「她、她說了些什麼？」
「對於我跟俊一先生的怨言。」
我將嘴脣緊咬到幾乎要流血的地步。
事態糟透了。得想個好的說詞蒙混過去才行——
不，狀況已經無法蒙混。
只好招出一切……而且就算用盡手段，也要留住她的心。
「對不起！我騙了妳！」
我意識到的是落差。
到剛才為止都擺出傲慢的舉動，這時候卻跪到地上，轉而強調角色的窩囊。
「我跟妻子是打算離婚的！我以為只要離婚，就不算對妳說謊！」
把便宜自己的台詞說得逼真，設法克服難關。
在觀眾眼裡，男子自私自利的模樣應該很滑稽吧。
那正是我表演的意圖。

「可是你太太說她根本沒有要離婚的意思啊。」
「我一定會說服她！我愛的只有妳！」
第一次讀劇本時，我不知道「俊一」講這句台詞是不是認真的。
他會不會是打算留住情婦便宜自己呢？我也這麼想過。
不過接下來的台詞，讓我理解到俊一是認真在跟優菜戀愛。
所以，我激動地向優菜——向黑羽辯解。
「這是第一次！我體會到『戀愛』是什麼樣的感受！以往我太蠢了！遇見妳以前，我以為『戀愛』根本是幻想！」
我——俊一——抱著頭來回走動。
「以前我為什麼會信不過有命運的邂逅呢！我怎會受利益誘惑，隨便就跟人相親，然後結婚呢！早知道會遇見妳，我——」
「——俊一先生。」
黑羽眉頭都不動一下地開了口。
「分手吧，我們兩個。」
「不要！」
我巴著黑羽的腿不放。

著實不顧顏面，彷彿在聲明自己連一步都不讓她移動，緊摟著她的膝蓋一帶。

「我愛妳啊！這不是騙人的！為了妳，我什麼都肯做！」

即使如此——黑羽的表情仍沒有變。

「我跟妻子當然會離婚！……對了！我們去北方吧！把工作辭了，兩個人到北海道重新來過！我會為了妳耕田播種，為了妳流汗務農！然後讓孩子們見識大地之美！」

「你說的孩子，是我跟你的小孩嗎？」

「沒錯！我想多生小孩！生三個……不，還要更多！因為我是獨生子，對熱鬧的家庭懷有憧憬！」

「——那麼，你太太生的小孩……就看不見那樣的景色呢。」

沉默降臨。

太過沉重的一句話，讓我難掩心慌。

「啊，不是的，那我……遲早也會跟他們和解……」

「跟其他女人逃到北海道的父親，小孩會原諒嗎？」

「我一定會設法解決！我希望跟妳在一起！而且，我希望讓妳幸福！」

黑羽將手緊緊湊到胸前，閉上了眼睛。

「很令我高興的一段話……大概是我出生以後，最高興的一次……俊一先生，因為我也喜歡你……」

「優菜……那麼！」

「不過，我們的命運並沒有相吻合……」

當黑羽睜開眼睛時，目光已經蘊含著決心。

「再見了，傻一先生。祝你跟太太幸福。」

「等一下，我們還沒談完——」

黑羽扔來某種東西。

那發出了「鏘啷」的金屬聲響，落在地板上。

是我交給她的這間公寓的備用鑰匙。

「遇見你，我過得很幸福——」

「優菜！」

黑羽退到舞台外。

眼裡透露出拒絕跟我繼續對話。

她的眼神已經道出費盡脣舌也沒用。

「啊啊啊啊啊啊啊啊啊！」

我舉拳砸向地板，彷彿要廢了自己的手。

一切——都已經破滅。

「——卡！」

掌鏡的玲菜出聲，宣告攝影結束。

室內的電燈被打開，變回普通的空房間。

「「「「噢噢噢噢噢噢噢噢噢噢噢噢噢噢！」」」」

掌聲湧上。

毫無保留的讚賞的掌聲。

陸趕了過來。

「學長！看現場比看影片還要驚人！」

「噢噢，謝啦！」

「簡直就是個渣男！學長演得真的有夠差勁，讓我覺得學長根本狼心狗肺！」

「注意用詞啦！」

當我們像這樣耍蠢時，碧也湊了過來。

「嗨，末晴。」

「……怎麼了，碧？總覺得這樣不像妳耶。」

她似乎有話想說，卻不肯跟我對上視線還搔著頭。

「該怎麼說呢，我算是稍微嚇到了。」

「妳想講什麼啦？」

「欸，感覺你真的是演員耶……你好像變得不是你……我就覺得不方便搭話。但是又覺得你好厲害，想找你講話……」

「……妳在說什麼啊？我不太懂妳想表達的意思。」

「啊～～總之！」

不知道為什麼，我突然被碧用巴掌拍了背。

「意思就是你的演技好得有稍微嚇到我啦！你應該懂嘛！」

「誰懂啊！」

這女的多麼笨拙啊。既然要誇獎我，從一開始直說就好啦。

不過，我好歹是學長。雖然回到家以後，碧就跟弟弟沒兩樣，但我們在現場至少有三年級跟一年級之間的差距，地位斷然是我比她高。

所以我覺得這時候非得發揮身為學長的包容力。

「不過……哎，謝謝妳的誇獎嘍，碧。」

「……從一開始就這麼說嘛。」

碧害羞似的搔了搔鼻尖。

接著，她把目光轉向看著我們互動的黑羽。

「黑羽姊也好棒。雖然不像末晴那樣完全變了個人，還是相當打動我喔。」

「別拿我跟小晴比好嗎？我可是外行人。」

「呃，但是妳演得真的很好！」

「對呀！志田學姊也演出了女人拋棄男人的恐怖！聽志田學姊那麼說的人，八成就無法振作了！」

黑羽嘆了口氣，然後朝我細語：

「間島學弟坦率的地方，會讓人猶豫該稱讚還是該生氣耶……」

「就是說啊。雖然他是個好人，可是因為說話直，聽了還滿受傷的。」

「就是啊～～」

「大大&志田學姊，謝謝你們搭檔的表演！」

大概是為了區隔，玲菜像這樣高聲宣布，掌聲隨之湧上。

「那麼，十五分鐘以後會換阿哲學長&雛菊小姐這一組開始表演，請兩位準備！」

我離開舞台，到了大家在等候的房間一隅。

身體到底是累了，我便靠牆坐下來。

於是白草遞了寶特瓶裝水給我。

「小末，演得很棒喔。」

「謝啦。啊，對了。」

「什麼事？」

「那部劇本，情節……應該說原案吧，是哲彥操刀的吧？」

白草聳了聳肩。

「你果然看得出來……對呀。還有，台詞的細節也被甲斐同學修改過。」

「當作家不是會討厭台詞被人更動嗎？」

「要說的話，當然會不開心……但如果讓內容變得更好，也只能認同了……說來不甘心，但是讓甲斐同學修改過，台詞更鮮活了，比我一開始寫的好喔。」

原來如此。那傢伙還是一樣厲害，應該說多才多藝吧。

真理愛及小雛也是多才多藝又厲害，但擅長的方面略有不同。可以感受到哲彥擔任製作人、導演或做生意的多樣才華。

「末晴哥哥，你演得非常好。」

這次換真理愛走近，還在我旁邊坐了下來。

「謝嘍。」

「黑羽學姊也是，超出想像……演技比拙劣的新進演員好得多，嚇了人家一跳。」

而黑羽大概是表演把力氣用完了，就一個人癱在跟我們稍有距離的地方。

「是啊，我也比設想的更投入在自己的演技。畢竟哲彥有讓她練習表演，大概本來就具備天分吧。」

「哲彥學長的演技不知道會怎麼樣。」

「對耶。其實比起小雛的演技，我對這個更有興趣。」

單從練習來看，哲彥的本事不錯。考量到他是外行人，水準已經夠了。如果以唱歌來比喻，就是一起去KTV會讓人讚不絕口，但要上電視或舞台就實在有困難的感覺。

今天的黑羽超越了外行人的水準。假如哲彥跟練習時一樣，應該是黑羽比較高明。

不過，這次有兩個要素讓我覺得：說不定能見識到比之前更好的演技？

「我幾乎沒看過哲彥主動在這種場合上台耶。畢竟他是喜歡待在幕後的人。」

「表示他就是那麼有自信吧？」

「或許是喔，說來我有一絲絲預感。」

這是我認為會看到好演技的要素之一。

至於另一個要素——

「還有，這個角色好像跟甲斐同學是天造地設呢。」

我正要開口，白草就從旁插話了。

「對！我也想這麼說！」

這種絕妙的人渣感！

從讀劇本時，我的腦海裡就一直浮現哲彥而不能自已。

十年後，哲彥該不會落得這種處境吧？我甚至產生了想像。

只是有個部分無論如何都跟哲彥對不上。

傻一對優菜的感情是認真的。

哲彥則是花心得不得了，我只能懷疑：他有談過戀愛嗎？

這樣的哲彥對於「愛」——不，對於「初戀」會怎麼詮釋呢……？

小雛成長的程度當然也讓人在意，但哲彥這邊同樣讓我在意。

「以話劇比賽時的雛菊小姐和哲彥同學來講，人家覺得末晴哥哥的演技品質贏過他們。但是那兩個人感覺並不會毫無改變——」

「會出奇招嗎？小桃，你有沒有想到他們會採取什麼招式？」

「……沒有，人家想不到。畢竟他說過不會作弊……反正這次是餘興節目，我們就開心看表演吧。」

「哎，說得也是。」

哲彥與小雛正在舞台右手邊做最後的討論。

周圍很吵，因此我不知道他們在說什麼，可是那模樣架勢十足，甚至可以感受到從容。

「燈光與音響準備ＯＫ了喲！演員組，準備得怎樣？」

「我們這邊也ＯＫ了。」

「那就開始嘍！」

玲菜發出指示，燈光便逐漸轉暗，背景音樂的音量逐漸提升。

「不知道哪一邊會贏……」

「畢竟丸學長真的超強……」

「好期待小雛的演技！」

新生們期待的聲音被音量變大的配樂蓋過，當音量變小後，寂靜就跟著來到。

接著，舞台從漆黑搖身一變，照明打在位在中央的哲彥身上。

「——為什麼？」

沉重的嘀咕。

（！他來這一套啊！）

我是靠近似於尖叫的聲音來改變現場氣氛。

哲彥卻用懷著怨氣的嘀咕，將這一帶染成了漆黑。

跟我完全相反的手法，讓我感覺到全身都冒出雞皮疙瘩。

「為什麼她不答應離婚！是因為我們是相親結婚的，所以要顧體面？還是因為肚子裡有了小孩？」

哲彥並沒有發洩怒氣，因此聲音偏小。

但是蘊藏於其中的不講理、憤怒、恨意——所有情緒都很逼真，哲彥口中彷彿冒出了淤泥般的黑暗。

現場所有人已經深陷泥中。

只能一路下沉的恐懼感讓人止不住發抖。

「受不了——無聊透頂！」

這時候，情緒一舉爆發了。

爆發時間點不同，應該是因為我跟哲彥對劇本有不同的詮釋。

但飾演過的我開始覺得是不是哲彥的詮釋方式比較正確——他演得就是如此深入人心。

我為了彰顯「俊一」這個角色的差勁，就發洩出憤怒，演得有威迫感。

然而同樣是憤怒，哲彥卻更加內化，從每一句台詞表露出足以令人戰慄的濃縮情緒及讓人不舒服的感覺。

單純從演技層面來看，我覺得自己比較高明。然而哲彥詮釋得精彩，而且——這個角色，果然與他契合到可怕的地步。

詮釋並沒有分對錯，是否椎心要靠投票決定。哲彥的表演讓我越看越覺得自己輸掉了一局。

「……可惡！我得在事情被優菜知道以前，趕快做個了斷！要不然——」

「——俊一先生。」

好，換小雛登場了。

臉緩緩抬起。

光是這樣，就讓我吞了口水。

（——跟之前的小雛判若兩人。）

那即使要壓抑也壓抑不住的純真無邪的光彩。

她把那一切封存於身體當中，昇華為存在感。

小雛並沒有做任何搶眼的舉動。

沒有笑容，也沒有強烈的台詞，只是喚對方的名字，露出陰沉的表情。
卻能明確體會到。

——這個女生，就是女主角。

「……啊，沒事的，剛才那並沒有什麼。工作上出了一點小狀況。沒問題，像往常那樣把事情交給我就——」

「……俊一先生，我前陣子就知道了，包括你已經結婚，還有你太太懷了孩子的事。」

我沒辦法從小雛身上移開目光。
實在太美、太令人惆悵、太惹人憐愛。
跟小雛現在的演技相比，話劇比賽那時候簡直就是小兒科。
那不過是用天生的光彩照向所有觀眾。
目睹的人會訝異於她的耀眼，被沖昏頭而已。
可是，小雛將那種光彩化作感召力。
「她將天生純真無邪的光彩轉化為人性的深度了」。
現在的小雛並不耀眼。

正好相反。「光芒會被她吸收」。

（這個女生，真的是天才……！）

背脊打起哆嗦。

我之前就覺得她是天才，此刻內心深處卻可以篤定了。

（不妙……這個女生真的是怪物……！單就天分來說，她遙遙凌駕於我與真理愛……！）

小學時，我曾經跟人稱超一流的演員同台演出。

那種只有極少數人具備的特殊向心力，此刻這個女生就掌握在手裡。

更可怕的是——她只花短短幾個月就學會了。

我怎麼會忘了呢？有人就是具備像這樣的存在感及感召力。

明明以往目睹過，難道是六年的歲月讓我失去了對演技來說如此重要的記憶？

「這是第一次！我體會到『戀愛』是什麼樣的感受！以往我太蠢了！遇見妳以前，我以為『戀愛』根本是幻想！」

另外，哲彥同樣讓我震驚不已。

哲彥的演技為什麼會這麼打動我？平時根本無法想像這傢伙提及「戀愛」的模樣，為什麼能演得如此逼真？

「以前我為什麼會信不過有命運的邂逅呢！我怎會受利益誘惑，隨便就跟人相親，然後結婚呢！」

為什麼有關「初戀」的台詞會這麼適合哲彥？

只說這個角色跟哲彥天造地設是無法解釋的。那樣的話，水準只比外行人高一些的哲彥絕不可能演得這麼有說服力。

既然如此，答案只有一個。

想必就是因為哲彥對「初戀」懷著莫大的心結，讓他放了感情在台詞裡面。

「早知道會遇見妳，我——」

「——俊一先生。」

「分手吧，我們兩個。」

「不要！」

哲彥丟人現眼地巴著小雛不放。

明明他是個感覺總愛冷笑又瞧不起人的傢伙，為什麼這樣的場景由他來演會顯得如此合適？

而且——小雛也一樣。

小雛總是一臉純真無邪的笑容，然而她現在帶著哀傷的眼神壓抑表情的模樣，讓人不由得心動。那實在太美了，甚至讓看戲的我對自己無法給她幸福感到內疚。

當自己與這個負心漢身處相同立場之際，肯定會不惜巴著對方也要留住她吧——小雛的舉止太過嬌憐，足以讓人融入戲裡，並冒出這樣的念頭。

「你說的孩子，是我跟你的小孩嗎？」

「沒錯！我想多生小孩！生三個……不，還要更多！因為我是獨生子，對熱鬧的家庭懷有憧憬！」

「──那麼，你太太生的小孩……就看不見那樣的景色呢。」

哲彥睜大眼睛。

就這樣而已，連聲音都沒有發出。

然而那欠缺生氣的目光讓我渾身打起冷顫。

（怎麼搞的……這種絕望感……）

哲彥，為什麼並非演員的你能演出這種絕望感？

現在的你心裡想像的是什麼？

旁人單純被小雛與哲彥的演技吸引住了，大概只有我跟真理愛懷著另一層訝異吧。

──哲彥……你在心裡懷抱著什麼？

剛才的「初戀」也一樣。

這種絕望感——已經是靠小聰明不可能抵達的表演水準了。

白草說劇本梗概是哲彥想的，他還動手修改過。

足以令人不適的逼真演技，即使是天造地設也該有限度的角色分配。

我只覺得——「當中有某種特殊的要素」。

「我一定會設法解決！我希望跟妳在一起！而且，我希望讓妳幸福！」

「很令我高興的一段話……大概是我出生以後，最高興的一次……傻一先生，因為我也喜歡你……」

「優菜……那麼！」

「不過，我們的命運並沒有相吻合……」

可惡，為什麼我在哭？

被比賽對手的演技感動到哭，不就形同認輸了嗎？

「再見了，傻一先生。祝你跟太太幸福。」

「等一下，我們還沒談完——」

小雛扔出公寓的備份鑰匙。

似乎連那一道金屬聲響都令人傷感。

「遇見你，我過得很幸福——」

「優菜！」

小雛從舞台上消失。

「啊啊啊啊啊啊啊啊啊！」

我只能一邊流淚一邊啞口無言地聽哲彥痛哭。

「——卡！」

玲菜出聲宣告攝影結束。

燈光恢復，室內被照亮。

可是——都沒有人動。

聽不見我們演完後的那種掌聲。

所有人都只感到震懾。

「小末……」

白草從旁邊遞了手帕過來。

然後我才察覺到自己茫然得連眼淚都忘了擦。

「末晴哥哥……」

真理愛的細語顯得僵硬。

我明白她想說的是什麼；真理愛心裡想的是什麼。

我點點頭，並且走向至今仍趴著不動的哲彥。

「哲彥。」

我朝著他的背搭話。

哲彥顫了一下，卻沒有抬起臉。

過度融入於角色，有時會沒辦法立刻「脫離」。

我明白這一點，就決定先讓他保持現狀。

「小雛。」

我轉過頭，緩緩開了口。

「——用不著投票。是我徹底輸了。」

「咦？」

「啥？」

一部分新生顯露出訝異。

「丸學長，沒那種事喔。」

「我倒是比較喜歡丸學長那組的表演。」

也有新生發出這樣的聲音。

但那只是一小部分。明智的人就會曉得。

這次我跟黑羽搭檔演的戲已經輸得無話可說。

證據就是真理愛始終無言。倒不如說，她看起來甚至能夠理解我的行動。

白草想替我緩頰，卻在中途停住了。她應該知道開口緩頰會傷到我的自尊心。

「呃——」

「但是——」

又有人出面想替我說話。

然而他們那麼做——讓我無法忍受。

「你們都看不懂嗎！我剛才就說了吧！用不著投票，差距懸殊得完完全全不用比！我早就輸到沒辦法再輸了啦……！」

「！——」

我不小心扯開嗓門大吼，新生們因而畏縮。

可是我點燃了情緒，順勢撂話：

「我們表演完以後不是有掌聲嗎！但是哲彥和小雛表演完，任誰都動不了！大家受到的震懾就是那麼明顯！而且——」

我咬緊了嘴脣。

「身為有表演經驗的一名演員，我自己就受到了震懾……！無論對故事的詮釋、身為演員的魅力，還有表現力，我都已經輸了……！」

「小晴……」

黑羽拉了我的手。

這才總算——讓我回過神來。

「啊……」

我到底有多蠢啊……突然就當著學弟妹面前發飆……還丟人現眼地遷怒……

明明已經輸得徹底……卻又讓自己更添羞恥……

我——

「小黑……不好意思……是我的爛演技拖累了妳……」

「怎麼會……小晴，你何必自卑呢……」

我甩開黑羽揪著我袖子的手，轉身背向她。

「啊哈哈，我在搞什麼啊……」

我搔了搔頭掩飾，但實在無法抹消掉當下的氣氛。

「抱歉，大家……我要去讓腦袋冷靜一下……之後的活動，麻煩把我剔除掉……」

光說這些就讓我費盡心力。

我衝出房間，隨後就往毫無人影的方向跑掉了。

＊

（我做了蠢事……）

我來到先前跟黑羽講過話，可以將運動場盡收眼底的長椅旁邊。

「接下來要忙的是×××！成員就把××空下來，然後分一個人去×××——」

聽得見哲彥在主持現場的一絲聲音。

周圍沒有任何人，運動場也是淨空的。春天的陽光暖暖地撒下，樹葉隨暖風搖曳。

（……可惡！）

非得冷靜下來才行。

明明心裡這麼想，怒氣卻從體內不停湧出。

我輸了！輸得無話可說！

哲彥與小雛確實都很厲害！

（但是——）

可惡！可惡！可惡！

我拔起腳邊的草，然後扔在地上。

——什麼叫「我會示範給妳看的」？

——啥？「想像不了自己會輸」？

——「她的水準確實提升了」，怎麼有資格說這種話？

我到底有多得意忘形啊！

明明只是身為前輩才受到抬舉，卻連對手的水準都不曉得！

我到底有多蠢啊……！

（小雛的演技已經完全高過我了！雙方差距懸殊成這樣，即使我以後拚命苦練，也不見得能追上……！）

這點要立刻認清。不認清的話，就什麼都不用談了。

小雛為什麼會有那麼大幅的成長！她不只有光彩，還有本事將那份光彩內化濃縮，提升成感召力——就算有天分，那也不是輕易就能學會的。

（我辦得到那一點嗎……？）

不知道。雖然不知道，但只要我辦不到，這輩子八成都贏不過小雛。

「——可惡！」

我舉拳捶向長椅。

長椅表面有帶刺的木屑，扎到了拳頭。

「哎呀呀～你正在發脾氣呢，前～～輩！」

「！」

既可愛又開朗，天生能迷住人的聲線。不用回頭就知道是誰。

所以我望著前面的運動場回話：

「是妳啊，小雛。」

「可以讓我陪前輩談一談嗎？」

「……我倒希望能獨處一下。」

「對不起，人家也不太有時間。前輩大概會想知道人家成長的理由，因此人家只是來傳達這件事。」

我訝異地回過頭。

小雛跟平時一樣露出妖精般的笑容，金色秀髮閃閃發亮。

「我可以坐旁邊嗎？」

「……可以啊。」

「好耶！」

小雛連蹦帶跳，一臉開心地坐到我的旁邊。

「今天妳來這裡相當勉強吧。不要緊嗎？」

「其實人家還準備了不在場證明喔～」

「不在場證明……？」

「人家是住宿舍，因此就算休假，要是幾乎一整天都不在，就會被製作人問跑去哪裡了～來這裡是祕而不宣的，所以要有不在場證明。」

「妳用了什麼理由？」

「時間寶貴，這部分就請前輩問哲彥先生嘍。」

果然那種事都會跟哲彥有所牽扯啊……

「前輩這次之所以會輸，理由非常簡單喔。」

「天分嗎？」

我一冷笑，小雛就難得露出了不愉快的臉。

她眉毛垂成八字形，然後——賞了我一計手刀。

「嘿！」

「好痛！」

這個女生都不留情的！她劈的不是女生那種可愛的手刀，而是認真會痛的手刀！

「原本以為前輩是個大而化之的人，原來一沮喪就會變成縮頭縮腦的小可憐呢。」

「被年紀比自己小的人形容成那樣未免太……呃，實際上是沒錯，我自己也無可奈何。」

「我就直說嘍！前輩之所以會輸給人家——」

小雛站起身，用食指斷然比向我。

「原因在經驗的差距！」

「……咦？」

她的指謫出乎意料，我就提出了反駁。

「呃，我想我當演員的經驗比妳久耶……」

「我改一下說法！原因在於前輩最近都沒有跟超一流演員一起演出，經驗才會跟人家有了差距！」

「啊……」

說明到這個分上，我就服氣了。

「即使前輩找回了上台表演的手感，身邊的一流演員也只有真理愛前輩而已！原本當上日本足球隊代表的人，經歷空窗期以後，就算待在高中社團找回了比賽時的手感，突然重回日本代表隊也能把球踢好嗎？沒辦法吧？」

剛才我看小雛表演時，就想起了以前同台演出過的那些被譽為名演員的人。

真理愛想必是一流的年輕演員，然而經驗難免跟演了幾十年的名演員有差距，相較於拍連續劇或拍電影，群青同盟的環境根本可以說安逸過頭了。

我失去了在表演方面的頂級體驗與手感。

「秋天在話劇比賽輸給前輩，人家非常不甘心。那真的令人相當相當不甘心。」

小雛把嘴脣抿成一線。

我以為對小雛來說，參加話劇比賽類似於娛樂。

畢竟她是頂尖偶像，只要唱歌就可以在年度排行榜名列前茅。

跟那種規模的事業一比，在大學演話劇就太小眾了。

（但是——我錯了。）

從字句間顯露出來，她不甘心，她對自己的無力感到憤怒。

「所以人家希望演技進步，就告訴製作人想法。於是，不管要到的角色是主角或配角，人家都會參與電影、連續劇及話劇的演出；只要有空，就會到處觀摩人稱一流的演員登台表演。雖然有很多作品尚未發表，我真的都有努力飾演自己接的角色喔。畢竟人家是第一次感到這麼不甘心……不過多虧如此，我慢慢看見方向了，自己表演的方向。」

小雛用毅然的目光仰望我。

「前輩想必有非同小可的天分，因此經歷空窗期也還能達到一流水準。從前輩的年紀來想，那是普通人無法企及的領域，因此以往都還足以濟事。不過——那樣贏不過人家喔。」

「小雛……」

現在的她並不是外界所稱的妖精。

揭露自己擁有無窮上進心的她——是一匹狼。

「人家已經認定前輩是最大的勁敵了，而且比真理愛前輩更強。在過去的影片中看到的前輩，演技比現在還要高明。然後前輩經過挫折，又重新振作，應該就可以達到比以前更高的境界。不過，在這種環境是不行的。在群青同盟沒辦法將前輩的天分磨練到極致。」

「……儘管不甘心，但人家有同感。」

真理愛來了。

照這個時間點來看，她之前都躲在某處偷聽吧。

她朝我走近，然後緩緩開了口。

「末晴哥哥，其實有業主發來一件演連續劇的委託。」

「找我演嗎？」

「精確來講呢，是發給人家跟末晴哥哥的委託。之前在話劇比賽委託我們代打的NODOKA小姐指名，要人家跟末晴哥哥在她主演的連續劇裡客串。」

「表示那是我們幫忙演話劇的回報？」

「好像也有那層用意……不過她比較像是認同我們在話劇比賽的演技，才決定委託的。NODOKA小姐想跟我們倆一起演一次看看，就先向導演推薦了——她是這麼說的。」

「這樣啊。能獲得肯定倒是令人感激啦……」

「也有一流的演員參演，是齣好劇。為了不輸給小雛小姐，末晴哥哥要不要跟著參演呢？」

「——我要演。」

我毫不猶豫地答話。

輸給小雛讓我很不甘心。我甚至做出用拳頭捶長椅，還捶到流血的傻事。

而且，我明白進步的方法了。真理愛幫我準備了那條途徑。

既然如此，我立刻就可以回答，用不著多想。

演吧。下一次，換我向小雛報仇雪恨了。

「好的。人家會照實轉達給NODOKA小姐還有總一郎先生。當然，人家也會參加。」

「真是可靠耶。」

「很高興聽末晴哥哥這麼說——那麼，人家立刻著手安排。」

真理愛行了禮，從我跟小雛面前碎步跑走。

等真理愛不在以後，我忽然察覺。

小雛「該不會就是為了這個才來的吧」？

「小雛……難道妳是為了讓我參演NODOKA小姐那齣戲，才會來這裡……？」

「啊～～跟事實有出入喔。因為人家剛剛才知道那件事。」

小雛不以為意地說。

「人家來這裡是為了取得壓倒性勝利，好讓末晴前輩認清現況，還有要替之前的話劇比賽報一箭之仇！今天似乎能好好睡一覺了！」

明明是今年第一次休假，她卻勉強安排不在場證明，就是想向我報一箭之仇啊。

小雛的外表與性格真的搭不起來耶。

「……妳還真不屈不撓啊。」

「呵呵～～你迷上人家了嗎，前～～輩？」

假如真理愛是策士，小雛就是渾然天成。

渾然天成，而且魅力足以成為頂尖偶像的小惡魔。

「前輩是人家的最愛，夠乖就可以獲得摸摸頭的待遇喔。」

「等一下！不用給我那種待遇啦！」

這個女生身為頂尖偶像，卻真的摸起我的頭了！

「排斥的前輩好好玩，所以人家還要繼續。」

「小雛，妳太沒有身為偶像的自覺了啦！被八卦雜誌拍到會刊登一整面喔！」

「那下次比賽的時候——前輩願意跟人家好好比嗎？」

啊，原來如此……她是在拿捏說這個的時機嗎……

照她的性格來想，想跟人嬉鬧應該也是原因之一，那樣的話，拜託從一開始就先說清楚。

反正我早就決定好要怎麼答覆了。

「我會讓妳輸得落花流水，先做好哭的準備吧。」

「啊哈☆前輩敢講這種話啊？好高興，人家對前輩的中意程度又上調一級了耶☆」

「很遺憾，妳也只有現在能說那些話嘍，小雛。等我壓倒性獲勝以後，妳就要沮喪了。雖然我不想把可愛的女生惹哭，但這也沒辦法嘛。」

「呵呵，太棒了～～！前輩說這種話，又會被人家的演技修理得落花流水喔！人家都雀躍起來了呢！」

啊～～小雛果然是戰鬥民族。真理愛也很喜歡較量，但小雛更是純粹地喜愛跟人鬥。

瞬老闆說過，他要靠小雛拿下全世界。

小雛的容貌、天分、精神力……所有特質，確實都適合進軍世界。

但是——

我也不能甘於當輸家……！

「小雛，能不能跟我握個手？」

「是用左手嗎？」

「也對。」

用右手是表達自己沒有敵意，屬於友好的握手。

然而用左手握手，就有暗中拿武器的可能性，屬於隱藏著敵意的握手。

面對之後會再戰的對手，用左手握手才合適吧。

「好，那我們用左手。」

「期待與妳再戰。」

「人家也很好奇在真正認真以後——『完全版的前輩』會是什麼樣。下次想必就可以見識到了，期待那一刻。」

小雛跟我握手後，就直接前往停車場。我跟著過去目送，便發現計程車已經等在那裡。

我一邊朝搭車離去的小雛揮手，一邊鬱結地思索。

（結果小雛是為了打敗我，促使我成長，還想跟最佳狀況的我再次較量才來的嗎？）

現身於演藝界的一種怪物，十年出一人的奇才，日歐妖精。

（如此的奇才……我要是兼顧學校生活與群青同盟，繼續過半吊子的生活，絕對搆不到她這樣的天才……）

對了——

我懂了。

對我來說，她肯定會是決定將來出路的關鍵點。

要進入演藝界，或者上大學——

當然，上大學之後再以演藝界為目標也是一條路，不過基本上我要走的方向就是在這兩者擇一。而且以大學為目標的話，暑假前若沒有做出決斷，讀書的時間就會不夠，所以我只剩三個月左右的時間做決定了吧。

小雛正是催我做決定的使者。

儘管我順勢答應了真理愛演連續劇的提議，但自己將來的出路該怎麼辦呢——那會成為一大參考吧。

（不過……我輸了，是嗎……）

我已經記不得上次以演員身分感受到自己徹底落敗是多少年前的事了。

時間越是經過，我越回想起來。

自己有多麼輸不起。

從體內湧上的懊悔在轉換成能量後令全身緊繃。

（童星時期，在我心中排第一的是讓媽媽高興——）

至於排第二的——

（比演技，我不想輸給任何人。）

人無論到了幾歲，本質都不會改變。我正逐漸回到那個時期。

不過，我能重見天日，回到那座舞台上嗎？

我會再次以演藝界為目標嗎？

不知道。始終不知道——

「可惡！」

我用滲血的拳頭全力朝柏油路面招呼過去。

好痛。拳頭和手腕都痛。

但是被點燃的懊悔情緒——對於提升演技的熱忱——

這兩道火焰絲毫沒有要熄滅的跡象。

終章

＊

在演藝研究社的社辦裡，主要成員……我、哲彥、黑羽、白草、真理愛以及玲菜全到齊了。

只有玲菜在掌鏡，其他成員都就座了。

「在這裡的人都曉得了，不過事情總要有個了結。重新來介紹新成員！」

除了主要成員，還有兩個人站在房間角落──他們就是新成員。

結果說到集宿活動辦完，我們讓誰加入了演藝研究社──

「被介紹到的人要開口問候。那麼，第一位是──志田碧。」

碧一邊搔頭一邊走到白板前。

「啊哈哈，呃，我是志田碧……考上這間學校就已經相當驚險，沒想到連這邊都能過關，嚇了我一跳……那個……我會加油的……」

「碧！別裝乖了啦！」

我開口起鬨，碧就瞠目握起了拳頭。

「少囉嗦，末晴！我在尊敬的學姊面前會緊張啦！」

挑釁一下就立刻顯露本性，很符合碧的作風。

「尊敬……？在我們這些成員當中，會有妳尊敬的人……？」

我歪頭表示不解，碧便伸手比向黑長髮的美女。

「白草學姊！」

「還有呢……？」

碧的頭固定不動，視線則左右移動。

「還有淺黃學姊！」

「就這樣……？」

「雖然我不尊敬甲斐學長，但我認為他是不可以違抗的那一型！」

「哦～～不可以違抗啊……小碧，那妳以後都會乖乖聽我的話嘍？」

哲彥賊賊地笑了。

碧儘管退縮，還是向他斷言：

「跟性騷擾還有壞事扯上關係的話，我就會斷然拒絕！」

「表示那以外都可以嗎？」

「……所有讓我覺得糟糕的事，我都會拒絕！」

「那麼，往後再來摸索妳的底線吧。」

「哎、哎呀～～請手下留情……啊哈哈……」

對直爽單純又待過體育社團的碧來說，哲彥恐怕是相當處不來的那一型。

肚子裡裝著壞水，跟女生的關係又亂，而且長相還算帥，在這幾個方面應該都跟碧合不來。

銘記於本能的體育社團精神卻在腦裡告訴碧：不可以反抗學長。她似乎正為此感到掙扎。

「哲彥同學，別捉弄我妹妹好嗎？她那樣是真的覺得很困擾。」

「……哎，被志田這麼一說，那就沒辦法嘍。」

在我們成員當中，哲彥大多會尊重黑羽，給她副手的位子就是一個例子。從哲彥至今的發言來看，理由似乎是黑羽在他眼裡「不同於凡人」，才會敬其三分。

「碧，我當然也是讓妳尊敬的學長吧？」

我隨口問一句，碧就立刻揮了手。

「不算不算。」

「欸，妳！」

「黑羽姊也一樣，想到我至今幫忙擦了一大堆屁股，就沒辦法談尊敬。」

「……碧？擦屁股是什麼意思？我不會生妳的氣，說出來聽聽？」

儘管黑羽臉上掛著笑容，漆黑的氣場卻已經外洩。

「啊～～黑羽姊嘴上說歸說，根本已經在生氣了嘛！提到擦屁股，最先想到的當然是跟煮飯有關的事啊！」

「「「「「啊～～」」」」」

在場所有人聽完那一句就懂了。

「另外就是這種偽善調調的言行，還有城府深沉的應對方式！」

「呵呵呵，小碧好像跟人家合得來呢。」

真理愛嫣然露出偶像的笑容附和，碧看了真理愛的笑容卻迅速後退一步。

「我才不會被妳那張笑容騙！妳以為我被玩弄過多少次了……」

啊～～這麼說來，真理愛曾花費唇舌想馴服碧，到最後等於讓碧受到玩弄。

「妳姑且是學姊，我會叫妳桃坂學姊！但是，別以為我會乖乖聽話喔！」

「不錯耶～～很有調教的價值。」

真理愛的從容似乎讓碧不敢領教。

結果碧真正尊敬的只有白草嘛。另外，感覺玲菜是被她當一般學姊尊重，至於其他成員講的話似乎就不會乖乖聽進去。

……奇怪，錄取這女的沒問題嗎？

「好好好，小碧介紹到這裡就夠了吧。另一個人怪可憐的，差不多也該介紹啦。」

碧讓開以後，另一個體格強壯的男生就站到白板前。

「這次錄取的第二名正式成員──間島陸。視往後的需求，我還打算錄取幾個人當準班底，不過正式班底就只有這兩人。」

陸把手繞到身後，像男子加油團一樣做起了自我介紹。

「噢嘶！我是接棒自我介紹的間島陸！興趣是看漫畫與動畫！雖然並沒有特長，但身體多少鍛鍊過，因此需要肉體勞動請讓我效勞！請多指教！」

「鼓掌！」

大家聽哲彥的口令拍手。

跟陸關係最深的應該是我吧。

所以為了舒緩他的緊張，我決定率先搭話。

「虧你能從那麼多人當中留下來，陸。真令人佩服。」

「咦！我能入社，不是因為丸學長力保嗎！」

「呃，沒有耶。雖然在提名最終人選時，我是有表示贊成啦。」

「原來是這樣嗎！咦，那我跟志田是用什麼標準選出來的？志田是因為有志田學姊在，被選上還可以理解，我呢……？」

我們——除了哲彥與真理愛，都只知道「敲定了兩位最終人選」，然後在碧跟陸的名字列舉出來時表示贊同而已。

當然，在那之前我們也對哲彥還有真理愛發表過自己對集宿參加者的感想及評價，卻不懂「最終人選是怎麼挑出來的」。

「啊，我也想問這一點耶。哲彥或小桃，關於這次集宿的用意及合格標準，差不多該做個說明了吧，可不可以交代清楚？」

哲彥與真理愛看向彼此的臉。

「沒辦法嘍，由我來做個總結吧。」

「麻煩你。」

於是碧與陸坐到空著的座位，哲彥則站到白板前。

「這是真理愛提議的，集宿期間男女生都有設一項只要觸犯就會出局的規則。」

「什麼規則？」

我催哲彥繼續說，他就爽快回答：

「男生這邊定的規則，是參與偷窺女澡池。」

「「「「啊～」」」」

哲彥與真理愛以外的所有人齊聲開了口。

對了，沒跑去偷窺女澡池的就只有陸……

「當然，只要在為人及能力等方面能夠加分抵銷掉，那就另當別論，但是並沒有。然後，陸懂得區分好事與壞事，又能與所有高年級成員處得好。坦白講，在與高年級生相處這方面，他獲得的評價比小碧更高。」

「唔呃！」

「這有點讓人驚訝耶～～」

碧發出驚呼，陸則是猛眨眼睛。

這麼說來，陸拘謹的態度正好與外表相反，因為他都會尊重學長姊，就沒有跟任何一個人敵對。反觀碧就會頂撞真理愛。

包含沒有打算去偷窺澡池這一點在內，或許陸是「最有常識的人」。

「女生那邊的合格條件是？」

我一問，哲彥就用拇指比向自己。

「聽我花言巧語都不會受到動搖。」

「「「「啊～」」」」

這是大家第三次異口同聲。

「這次你把主要的工作都交給小桃了，所以有空就會找女生講話嘛～」

「我屬於把男女感情跟工作分開來的類型啦。所以女生的入社條件會設定成『聽我花言巧語也不會動搖』，是我主動向真理愛拜託的。」

「毅然拒絕的只有小碧呢。即使多少對哲彥學長感到心動，只要有加分的項目能將其抵銷就另當別論，可是並沒有女生能滿足條件。這是人家要補充的。」

碧還滿愛追逐流行，所以我以為她會喜歡帥哥，不過可以感覺到哲彥不是她中意的類型。

然而就算這樣，要提到她喜歡哪種性格的男生，因為我會害臊就沒有深究過。

「所以嘍，末晴，秀給你們看的最終人選只有小碧與阿陸這兩個，是因為其他人都被這些規則刷掉了。當時你們都沒有提出什麼異議，表示你們也覺得選這兩個人沒問題吧？」

「……哎，我是有想過人數少一點才好。」

白草贊同了。

「我也覺得跟我們合得來的大概就是這兩個人。」

黑羽同樣點了頭。

「好啦，我對這一點也沒有異議，可是小雛的存在呢？我知道你們找她來是要跟我比個高下，但是那對你們有什麼好處？」

小雛表示自己的動機是「報一箭之仇，還有促使我成長以便再戰」，這我能理解。

但是哲彥與真理愛不可能只因為這點理由就行動。理應是對哲彥或者真理愛有利，他們才會多方協調把小雛請過來。

證據在於他們說過類似「也會聽取小雛的意見來決定讓誰合格」這樣的話。

哲彥拔掉黑筆的筆蓋，一邊在白板上書寫一邊說了起來。

「我問你們，這次的入社選拔……讓人覺得最難辦的是什麼部分？」

稍作思索以後，白草開了口。

「如何看穿對方的能力及性格，對嗎？」

「嗯，那也算在內，但排不上最難。」

排不上最難嗎……

我試著隨便提出自己想到的要素。

「比如是否合得來、道德觀、要怎麼讓對方說真心話嗎？」

「那部分也是課題啦。但你不覺得真理愛安排的考驗已經測出挺讓人滿意的成效了嗎？」

「……也對。」

大概是意見列舉得差不多了。

真理愛開了口。

「人家煩惱到最後的，是『選出來的人要怎樣才能讓淘汰者跟老師認同』喔。」

「「「「！」」」」

啊，啊～～原來如此……那是很困難……

「雖然我們分成演出組與攝影組做了許多活動，但在演技方面，不可能會有參加者比得上當過職業演員的人家或末晴哥哥，攝影技術也只要慢慢學就好。如果像白草學姊一樣有一技之長，大家應該就會服氣，然而沒有那樣的人。那我們要怎麼解釋選拔的判斷標準呢？到頭來還是會被說成群青同盟挑人都看自己喜好吧。」

「偶像徵選活動也是有找權威當評審，讓權威挑選以求服眾的成分在吧？我們幾個只是學校裡的學長姊，就缺乏那樣的權威啦。」

「假如說是我們做出的決定，事後絕對會留下疙瘩，搞不好還會招來非議，惹到在社群網站上會一直抨擊群青同盟的那種人。」

「所以——才要請小雛出馬啊。」

我出聲以後，真理愛便用力點了頭。

「小碧與陸學弟這兩位合格者會當作是雛菊小姐選出來的。當然我們也有出意見，但最後是由雛菊小姐決定。這麼一來，又有誰敢抱怨呢？」

只要說是頂尖偶像小雛決定的，當然就沒什麼人敢反駁吧。就算有也是極少數，可以忽視。

「不過，小雛來參加集宿是祕密吧？拿她當對外的藉口不會露餡嗎？」

「請末晴哥哥放心。人家都有要求集宿參加者保密，在社群網站上也散播過假情報，因此在瞬老闆那邊應該不會出問題。」

「那就好。」

真理愛垂下肩膀。

「在哲彥學長提議之前，人家都沒想到可以找雛菊小姐來幫忙，這就是令人感到不甘心的部分了……」

「哎，我是偶然想到的。」

偶然嗎……

聽哲彥用偶然這個字眼，我只有不好的預感。

忽然間，我想起小雛說過的話。

「對了，哲彥，小雛提到她這次參加集宿有找人幫忙做不在場證明，那是怎麼安排的？」

「啥？」

哲彥擺出一副看就知道不爽的表情。

「……我不想講。」

「那是什麼意思？」

這時候，哲彥的手機震動了。

從口袋拿出來看過頂端畫面後，哲彥的臉色就變得比剛才更不爽了。

「嘖……『不在場證明打來的』。抱歉，今天到此解散。之後大家就自由行動吧。」

哲彥說著就匆忙收拾起東西。

「喂，哲彥，你未免太只顧自己了吧？」

「剛好有這個機會。末晴，之前你找我商量過演連續劇的事，趁現在先向大家說明吧。」

「「「「演連續劇？」」」」

黑羽、白草、玲菜、碧、陸——都發出驚呼。

只有真理愛的臉色絲毫沒變。

沒錯，其實真理愛提的參演連續劇這件事，我目前只找哲彥談過。

之所以先找哲彥討論，是因為這件事跟哥兒們比較好談，還有拍戲期間會變忙碌，我認為對群青頻道的活動大有影響。

「掰啦，我先走了。」

哲彥只管丟下震撼彈，就匆匆拎起書包從社辦離開。

*

哲彥離開社辦後，走進了位於車站前的咖啡廳。

在當前的季節，咖啡廳作為最大賣點的英式庭園裡有花朵怒放，可以看見令人賞心悅目的景致。

這間咖啡廳備有包廂，想避人耳目時算是便利的場所。

被服務生領到包廂以後，笑容依舊爽朗得讓人覺得假惺惺的帥哥就等在那裡。

「嗨，不好意思，讓你跑一趟。」

「……哎，反正這次請了學長幫忙，這件事在外面也不方便談。」

「你看來不太高興耶。」

「這還用說，我依然擺脫不掉已經畢業的你啊。當然會不高興啦，阿部學長。」

阿部面對尖酸的言語仍不改笑容。

哲彥發出嘆息，然後擱下書包坐到阿部對面。

趁店員端水過來時，哲彥點了黑咖啡。

阿部確認過店員已經看不見才開口說道：

「赫迪老闆果然有才幹。他專程來見我，還發了牢騷。」

「直接嗎？」

「對，我走出大學就被他逮住了。」

「小雛是有通知我說事情已經瞞過去了。小雛的宿舍舍監果然跟那個臭老闆是一夥的。」

偶像到底也是人，放假要做什麼是她的自由。

然而哲彥不希望被捕捉到動向，保險起見就建議雛菊製造不在場證明。

內容是「只跟舍監交代自己受阿部充邀請，要跟他出去玩」。

其實雛菊參加了演藝研究社的集宿活動，但是安排成將「更具可信度」而且「實際出了什麼事就會造成問題的隱情」「偷偷跟可信任的人交代一聲」的形式，就成功讓對方看不出真相了。

「學長是怎麼應付他的？」

「我老實向赫迪老闆坦承，只是約出去閒話家常而已，不過卻惹他更生氣了。」

「雖然不想跟那個臭傢伙有共識，但聽學長老神在在地對答會惱火，這點我倒可以理解。」

「受不了，受託幫忙還被講得這麼難聽。」

阿部嘴上抱怨，表情卻顯得十分開心。

「哎，閒話家常的內容跟你有關，所以我可沒說謊。只是我說得太保留，似乎就提高了可信度。赫迪老闆有警告：『下次再敢碰我們公司的偶像，我會正式向你的經紀公司抗議。』」

「果然。他也只能那樣收場吧。畢竟學長還有學長老爸開的經紀公司，跟赫迪經紀公司水火不容嘛。我就知道他要找碴沒那麼容易。」

店員過來並把咖啡擱在哲彥面前。

阿部用手肘拄在桌面，下巴擱到手背上。

「這次，我認為自己有幫到你的忙。」

哲彥拿起咖啡就口。

那副表情遠比咖啡苦澀。

「……學長有什麼要求？」

「我是想問問關於你身上的謎，不過從你口中問出來好像就有點無趣了。最近我開始有這種想法。」

「看來學長的品味依舊高尚。」

「沒有你高啊。」

哲彥嘆了氣。

講話越尖酸越會讓阿部高興，哲彥要開罵也就很為難。

「總之，我希望能聽聽關於這次集宿的總結。」

「獲得期望的新社員，可喜可賀，大致上就這樣。」

「這次你特地參加比賽的理由是？」

「……除了我以外，似乎沒人能跟小雛搭檔。」

「以這點程度的理由來講，你的演技完成度似乎不低耶。」

「……學長想說什麼？」

阿部拿起手邊的伯爵茶就口。

「你在這次比賽用的劇本……那些內容，是來自之前你委託白草學妹的企畫書吧？將來為了改編成連續劇或電影……總之就是大型企畫要用的草案。」

「……是啊。我也想看看觀眾對劇情有什麼反應，就先定了截稿日給白草，好驗收中途的進度。」

「你也會參演吧？在那篇故事裡。」

「…………」

哲彥保持沉默並喝了咖啡。

阿部繼續說道：

「從群青同盟的成員來看，演技方面的王牌自然是丸學弟與桃坂學妹，所以主角與最難演的女角色鐵定會交給他們倆。」

「…………」

「這次劇本所用的場面是往事篇的部分，八成不是你要分配給丸學弟與桃坂學妹演的部分。照你的規劃，這次俊一的角色會由你來演，優菜的角色則是交給志田學妹，對嗎？」

哲彥大大地吐了一口氣。

「猜得不錯。反正隱瞞這部分也沒意義，就直接向學長明說吧，我確實有那樣的意圖。」

「所以你是想讓自己練習，還有測試志田學妹是否演得好嗎？」

「……不，『我只是想測試自己能不能演了還不發飆』。」

「果然是這樣……！」

阿部興奮得站了起來。

「那篇故事果然就是你的——」

「學長。」

哲彥冷酷地說：

「『有的事情就算心裡知道，還是別說出口比較好喔』。」

「……也對。不好意思。」

阿部坐回座位，在手邊轉了轉已經冷掉的紅茶。

「你還有想問的事嗎？」

哲彥嘀咕，阿部立刻就回了話。

「為什麼要把雛菊牽扯進這次的事？」

「……小雛一直想找末晴報一箭之仇。我們為了讓新進社員獲得大家認同，需要從群青同盟外找來有發言力的人物，於是雙方就達成利害一致了。我想這以前也有說明過吧？」

「『在群青同盟外有發言力的人物』，不找雛菊也行吧？舉例來講，演藝研究社應該只找了徒具名義的顧問，不過只要替顧問做足面子，聲稱是顧問老師挑了新社員，也足以說服人。」

「哎，這個理由在你面前實在敷衍不了嗎？不然，我給你提示。我把小雛找來參加集宿，有『三個』用意。在我心裡，讓大家對新社員服氣的發言力只是順便，無法算進那三個用意裡。」

「唔……三個啊……比我預料的還多……」

阿部交抱雙臂，讓腦袋加緊運作。

「既然你會專程找雛菊，當然是因為非她不可……」

「學長不明白嗎？」

「其中一個用意我懂。『要讓丸學弟覺醒』。」

「沒錯。」

哲彥蹺起腿。

「末晴的經歷、性格……無論怎麼看都是『錘鍊過才會成長的類型』。不過那傢伙身上有

著挺傑出的天分與經驗積累，導致他一路贏到現在。然而，要是他安於那種水準可就頭痛了～

『當我下賭注時，他必須拿得出最頂尖的實力』。」

阿部露出冷笑。

「哈哈……不才如我聽了會笑出來呢。意思是比了許多場比賽，丸學弟全都漂亮獲勝，但他還沒有認真嘍？」

「那傢伙一向是認真的喔。只不過，『他還沒有抵達極限』就是了。」

「至少在你看來是那麼回事……我果然該放棄演員這條路才對。」

「之前我不就說過嗎？學長的天分是當偵探。假如學長成立徵信社，水準是會讓我坦然掏錢委託的。」

「不知道你這是在誇獎，還是損人呢……」

「呃，以我來說可是真心在誇獎。」

阿部按了服務鈴，把店員叫來。

兩人交代飲料續杯後，現場又回歸寂靜。

「另外兩個用意，學長想不出來嗎？」

「……是啊，我投降。」

「我也不想再續杯，還是早早告訴學長吧。請聽仔細了。」

「以你來說還真慷慨。」

「這次讓學長扮演了滿吃虧的角色，我姑且當成回報。」

「那我就欣然接受嘍。那麼，麻煩你說出剩下兩個用意好嗎？」

哲彥深深吐了一口氣。

「其一是『讓小雛認知我的能力』。」

「咦……？」

阿部眨起眼睛。

「這有點讓人想像不到呢……」

「別看小雛那樣，她為人是無情的，都會仔細鑑別對方的能力。」

「啊，這麼說來，就算赫迪老闆為人有缺陷，雛菊照樣跟了他嘛。」

「起初有真理愛當中間人的時候，我還是受到了她的警戒，不過在我表示『讓末晴輸掉會使今後變得更有趣』這樣的意見後，她就願意直接跟我來往了。這次的事情不只展現出我的演技與製作能力，還成功傳達了『今後的構想』。多虧如此，她看待我的眼光算變了不少。有點讓我不爽的是她說了『哲彥先生，你好像製作人喔』這種話。」

「！我懂了……原來如此……你的眼光已經看得那麼遠了……畢竟能被她認同，『會讓發動革命後的局面大有不同』。」

「就是這麼回事。」

店員端來續杯的咖啡與紅茶，哲彥與阿部就淡然遞出空杯子。

「最後一個用意是？」

阿部在店員消失的同時短短問了一句，哲彥便跟著簡潔回答：

「不是為了我，是為了真理愛。」

「這話是什麼意思？」

「她似乎也下決心要拚了，因此我給了她支援。」

*

「小晴，你要演連續劇是怎麼回事！」

「末晴，你要上電視嗎！」

「小末，我都沒聽說耶！」

「大大，這是真的嗎！」

「超猛的耶！演連續劇！」

狹窄的社辦裡，真理愛之外的所有人都在逼問我。

「是人家邀他的。」

真理愛這麼細語後，所有人的視線就轉了矛頭。

「因為話劇比賽那件事，ＮＯＤＯＫＡ小姐似乎想回報我們。還有她看過話劇比賽的影片，提高了對人家與末晴哥哥的評價。所以，ＮＯＤＯＫＡ小姐就推薦人家與末晴哥哥在她主演的連續劇最後一集客串了。」

「喂！末、末晴！她剛才說的ＮＯＤＯＫＡ小姐，是那個女演員ＮＯＤＯＫＡ對吧！」

碧興奮得揪著我的衣領猛晃。

對喔，她屬於流行什麼劇大多都會看的那一型。

「意思是你們倆會被請去現在話題最熱門的《永遠的季節》最後一集客串演出嗎！」

「是的，沒有錯。」

「唔喔喔喔，太扯了！」

碧做出的反應滿精彩的。

我們的成員大多有涉足演藝界，像這種時候的反應就很淡薄。

「嗯？你們剛才提到了《永遠的季節》嗎！」

陸慢了幾拍才嚇到。

「我是收齊原作漫畫的粉絲耶，他們卻找了傑納斯的男星演主角，讓我超火大的！既然學長會參加演出，麻煩幫我向導演抱怨！」

「嗯？連續劇本身你有看嗎？」

「我沒看！」

「你的心情倒不是無法理解，但至少看過再說啦！」

糟糕，今年的新生還滿囉嗦耶……

當我感到疲倦時，真理愛就站到旁邊告訴我：

「——末晴哥哥，人家希望你差不多該認真思考未來的出路了。」

太過針對要害的一句話，讓我的喉嚨不由得哽住了。

「人家不認為自己的天分會輸人，但是客觀來看，人家適合當配角。不過末晴哥哥和雛菊小姐就不一樣了。你們能在所有故事裡擔任主角，還具備了足以左右作品方向的魅力與個性，是貨真價實的巨星料子。這樣的人不容易出現。」

「小桃……」

「末晴哥哥，雖然你這次輸給了雛菊小姐，但人家認為你絕對有贏她的能耐。可是你那傑出的天分不到業界最前線磨練，還是會退步。你不覺得這次比賽顯露出的正是這一點嗎？」

「這……」

我接不了下一句話。

其他群青同盟的成員也都默默聽著。

「從人家的立場，會覺得末晴哥哥應該走進演藝界，而不是上大學。還要在業界最前線進一步成長，成為代表日本的大明星。」

客串演出連續劇的邀約，讓我覺得自己跟對方結了緣分。然而，原來真理愛在內心懷著這樣的想法啊……

我已經高中三年級了。

緩衝期就要結束。

我來到非決定今後人生方向不可的地方了。

——這場比賽的目的是什麼？

——那大概是「說出來就沒意義的模式」。

腦海裡突然浮現集宿期間跟黑羽的對話。

——我也想說明啊。不過，那樣難保不會破壞小桃學妹累積的部分事物，而且從長期來想，無論是對我或對你來說，想必都是非得經歷的一段過程。這要怎麼形容呢？算是通過儀禮吧？跟報考學校類似喔。儘管讓人討厭又難受，不過它就像一道非克服不可的牆。

這樣啊，黑羽在知道小雛要來的時間點就察覺我會碰上將來出路的問題了。

的確，當時要是聽她說這些，應該會讓我在跟小雛比賽時產生雜念，變得沒有辦法放開來表演。

「當然了，演藝界未必跟末晴哥哥的幸福有直接的連結。不過人家身為一名演員，會惋惜那樣的天分，更希望那能開花結果。當末晴哥哥的天分真正開花結果時，人家的夢想自然就是站在那旁邊。所以末晴哥哥從高中畢業後，假如要以演員為目標，人家就會跟著休學。」

「小桃……！」

「不然人家八成會被末晴哥哥拋下……請放心，人家敢保證會跟著末晴哥哥到任何地方。」

強烈的決心深切地傳達而來。

我會掌握什麼樣的未來——希望與誰一起走過未來呢——

這道為人生決定方向的難題，此刻已經擺到眼前。

後記

大家好，我是二丸。發售又隔了一段時日，對不起。不過這次並不是因為低潮期，實際上原稿也在滿久以前就完成了。

那麼，要提到為什麼會隔了八個月呢……其實是為了宣傳與這本青梅不輸第十集同時發售的新刊《呪われて、純愛。》！

我寫這篇後記時還沒看到宣傳影片，但青梅不輸與新作得以製作聯名宣傳影片，因此我非常雀躍！

順帶一提，《呪われて、純愛。》的第二集將在下個月（十一月）上市，另一部新作《君はこの「悪【ボク】」をどう裁くのだろうか》則預定在下下個月（十二月）發售！

三個月發售四本小說，連我都有點訝異這樣的排程，不過這全都是滿久以前就寫好的，因此現在其實輪到我提心吊膽地等候的回合了。

那麼，在此我將唐突地介紹與青梅不輸第十集同時發售的新作《呪われて、純愛。》的劇情提要。

〈有兩名美少女出現在失憶的迴面前。

自稱「女友」的白雪；還有明明身為白雪的好朋友，卻表示自己才是「真女友」而獻出祕密之吻的魔子。多虧有她們倆，迴逐漸取回記憶，身體也隨之受到「純愛詛咒」侵蝕——〉

像這樣令人惆悵的純愛三角戀愛故事，各位想不想讀讀看呢？

另外《君はこの「悪【ボク】」をどう裁くのだろうか》則是著重於黑暗英雄的作品，而且有動用豪華聲優的精彩宣傳影片正在暗自製作中。黑暗英雄放飛自己，充滿愉悅的故事，各位想不想讀讀看呢？兩部作品都是滿久以前就開始執筆，而我一直希望能推出的故事，不嫌棄的話，希望各位能讀讀看。

當然了，進入三年級篇的青梅不輸今後仍會繼續寫下去，敬請期待！

另外，青梅不輸的外傳作品《鄰家四姊妹絕對溫馨的日常生活（暫譯）》在YouTube公開了兩回有聲漫畫。跟動畫同班底的全語音、全彩豪華陣容，請務必一看！

最後，我要感謝持續給予支持的各位讀者。黑川編輯、小野寺大人、繪製插畫的しぐれうい老師，感謝各位平時的關照。將正篇劇情改編為漫畫的井冬老師、畫四姊妹日常生活的葵季老師，感謝你們。

更要感謝無法交談到的協助青梅不輸製作的各位人士。

二〇二二年　七月　二丸修一

下集預告

OSANANAJIMI GA ZETTAI NI MAKENAI LOVE COMEDY

我愛你。
哪怕得不到回報——

末晴與真理愛敲定要在連續劇客串演出。

攝影之日在即，

真理愛向夜空獻上祈禱。

不過，就算那樣，難道不能祈求自己得到回報嗎……？

對真理愛而言，與末晴最深的羈絆

在於同樣身為演員。

有共通的價值觀與生存理念，

又能並肩共度未來，

這是黑羽跟白草辦不到的。

正因如此，她希望末晴想起來。

想起當演員的喜悅；想起對鏡頭的渴望。

而那當中應該潛藏著勝算。

——以情侶身分一起走過未來的機會。

NEXT VOLUME

SHUICHI NIMARU PRESENTS

真理愛思考過。即使在學校告白，也看不到勝算。

學校是黑羽跟白草的舞台。但是——

（我跟末晴哥哥的連結

是在鏡頭前面。所以我——）

細心準備，等待機會，而那一刻終於來了。

末晴哥哥……

你願意

接受我的心意嗎……？

桃坂眞理愛
告白！

青梅竹馬絕對
不會輸的戀愛喜劇

11

VOLUME:EL

敬　請　期　待　！

國家圖書館出版品預行編目資料

青梅竹馬絕對不會輸的戀愛喜劇/二丸修一作 ; 鄭人彥譯. -- 初版. -- 臺北市 : 臺灣角川股份有限公司, 2023.10-

冊 ; 公分

譯自 : 幼なじみが絶対に負けないラブコメ

ISBN 978-626-378-046-0(第10冊 : 平裝)

861.57　　112013277

Kadokawa
Fantastic
Novels

青梅竹馬絕對不會輸的戀愛喜劇 10

（原著名：幼なじみが絶対に負けないラブコメ 10）

2023年10月18日　初版第1刷發行

作　　者：二丸修一
插　　畫：しぐれうい
譯　　者：鄭人彥

發 行 人：岩崎剛人
總 編 輯：蔡佩芬
編　　輯：孫千棻
美術設計：莊捷寧
印　　務：李明修（主任）、張加恩（主任）、張凱棋

發 行 所：台灣角川股份有限公司
地　　址：104台北市中山區松江路223號3樓
電　　話：（02）2515-3000
傳　　真：（02）2515-0033
網　　址：www.kadokawa.com.tw
劃撥帳戶：台灣角川股份有限公司
劃撥帳號：19487412
法律顧問：有澤法律事務所
製　　版：巨茂科技印刷有限公司
ＩＳＢＮ：978-626-378-046-0

OSANANAJIMI GA ZETTAI NI MAKENAI LOVE COMEDY Vol.10

Edited by 電撃文庫
First published in Japan in 2022 by KADOKAWA CORPORATION, Tokyo.
Complex Chinese translation rights arranged with KADOKAWA CORPORATION, Tokyo.